未读 | 文艺家

阿加特

A G A T H E

〔丹〕安妮·凯瑟琳·博曼
(Anne Cathrine Bomann)——著

万洁——译

北京联合出版公司
Beijing United Publishing Co.,Ltd.

目录

目录

倒　数

年满72岁便可退休。

截至现在，距离我退休还有5个月，整整22周。

如果我的所有患者都来就诊，那就意味着我还要安排整整800次咨询。如果有人取消预约，或者病了，次数就能少些。

不管怎么说，这都算是一点安慰。

窗格

事情发生的时候，我正坐在客厅向窗外凝望。春日的阳光透过窗户照在我的地毯上，形成 4 个交错的方格，缓慢而坚定地移过我的脚背。我手边放着一本没有翻开的初版《恶心》[1]，我已经努力了很多年，可就是看不进去。她的双腿纤细苍白，时节还这么早，她的家人就允许她穿裙子出来玩了，我有点惊讶。她在路上画了跳房子的格子，全神贯注地玩起来，先是单脚落地，再换双脚，

1　一本小说，让 - 保罗·萨特著，1938 年首次出版。小说的主人公洛根丁觉得周围的人与事都无法与他相融，毫无意义，感到整个世界都是虚无荒诞的，是偶然的存在。

如此反复。她头上一左一右梳着两个辫子，大约7岁，和她的妈妈、姐姐一起住在这条路上靠里的4号别墅里。

你可能以为我是个哲学家之类的人物，平日里坐在窗前是为了思考比跳房子和阳光在地板上移过更深奥的事情。你猜错了，其实，我坐在这里纯粹是因为无事可做。或许，还有一部分原因是这女孩有时会跳出一系列高难度的步伐，当她的欢呼声飘进来，我能从中听出些许盎然生趣。

又坐了一会儿，我起身去沏了一杯茶。回来的时候，我发现她已经不见了。她可能去别的地方玩更有趣的游戏了吧，我想。

路中央只留下一截粉笔和一块石头。

就在这时，事情发生了。我把茶凉在窗台上，将毛毯摊开盖住膝盖，紧接着便发现视野边缘有什么东西掉落下来。一声尖叫传来，身体僵硬的我挣扎着站起身，挪步到窗前去看。她就躺在我右侧不远处的路面上，那里有一条折向湖畔的小径，还有一棵树。我瞥到有只猫正站在那树的一根枝干上摇尾巴。树下的女孩已经坐了起来，她正靠在树干上，捂着脚踝啜泣。

我从窗前缩回头。

要不要去哄她？从我自己还是个孩子的时候起，我就没跟小孩说过话。要是一个陌生人突然出现在她面前，想方设法地安慰她，她会不会更惊惶不安？

我又偷偷往外瞟了一眼。她还坐在树下的草丛里，正仰着哭花的小脸朝路这边看，目光似乎穿过了我的房子。

也许别让任何人看到我才是上策。要是看到我这样，他们肯定会交头接耳：他不是个医生吗？为什么碰上这样的事却干看着？

于是，我端起茶杯，走进厨房，在餐桌边坐下。我对自己说，那女孩很快就会站起来，单腿跳回家，不会有任何问题的。但我还是像个逃犯一样在厨房里呆坐了好几个小时。最后，等到茶凉了，杯子里的水变得浑浊，天色也暗了下来，我才蹑手蹑脚地回到前厅，将半个身子躲在窗帘后头，偷偷地往路那头看。

当然了，那时她已经离开了。

残 香

自从我雇了苏拉格太太之后，她每天早晨都会以同样的方式跟我打招呼。她日日坐在那张红木做的大办公桌旁，就像端坐在王位之上的女王。我一进门，她就起身接过我的手杖和大衣，我则摘下帽子，把它放在衣架上方的搁板上。与此同时，苏拉格太太会过一遍当天的预约安排，最后递给我一沓病历档案，这些都是从办公桌后面她一丝不苟地整理好的档案柜上拿下来的。然后，我和她简单交流几句就会开始忙工作，直到中午12:45，我才出门去附近一家中规中矩的餐厅吃饭。

就好像有规定一样，我外出用餐前，她都不会再出现在我面前。等我吃饭回来，又会看见她坐在我出门时她坐的那个位置上，分毫不差。有时候我会怀疑她压根儿没吃午餐。空气中闻不到一丝饭菜的气味，而且我从来没在她桌子底下发现哪怕一丁点儿面包屑。

苏拉格太太是不是不需要吃东西也能活着？

那天早晨，她告诉我有个德国女人打电话过来，想过会儿登门拜访，预约咨询的时间。

“和杜兰德医生聊过后，我得知她几年前因为严重的躁郁症自杀未遂，住进了圣斯特凡医院。”

“不行，”我坚决地说，“我们不能收这个病人，因为要治好她需要好几年的时间。”

“杜兰德医生也认为她应该再次住院治疗，但是，她坚持要找您做心理咨询，医生。我可以在预约日程上把她安排进去，不难。”

苏拉格太太一脸怀疑地盯着我，但我还是摇了摇头。

“不行，这不合理。还是委婉拒绝，请她去别家治吧。”等到退休的时候，我就已经执业近50年了。所以，我已经受够了，最不想见到的就是再来一个新病人。

苏拉格太太又定定地看了我一会儿，很快就继续查看预约安排了，没有再追问此事。

“谢谢，非常不错。”我说着接过一沓病历档案，转身向办公室走去，我的办公室就在苏拉格太太的地盘正对面。所谓她的地盘，就是病人等候的接待区，空间充足，所以我这位秘书打字的咔嗒声和她与病人之间的对话都不会打扰我工作。

我的第一位病人是甘斯堡太太，一个无趣的女人。她刚来，正在翻阅苏拉格太太偶然买的一本杂志。

我深深地叹了口气，在心中提醒自己：等接待完她，我就只剩下753次咨询了。

这天就像浮萍一样轻飘飘地过去了，直到我午餐后返回办公室，在门口差点撞到一个面如死灰的黑发女人，我为自己的笨拙向她道了歉。那女人瘦得吓人，棱角分明的脸上长了一双巨大的眼睛。

“没关系，是我挡路了。”她边说边往里走了几步，“我是来跟你约时间的。”

她有明显的口音，我意识到她一定就是那个德国女人。她将一张印有圣斯特凡医院标志的地图抓在胸前。

“恐怕不太方便。”我回答。

那女人慌忙地向我跨近一步，急切地说：“预约心理咨询对我来说至关重要。抱歉给你添麻烦了，但是我没别的地方去了。求你帮帮我吧……”

我本能地后退几步。她褐色的眼睛放出狂热的光，逼视着我，那目光仿佛一双手，紧紧地抓住我的胳膊。显然，要想摆脱她免不了拉扯一番，可我既没有时间也没有精力。于是，我朝苏拉格太太招了招手，勉强挤出一丝微笑。

“这位太太请随我来。”我说着绕开那女人往屋里走去，“我的秘书会跟你详细解释一切的。”

说到底，这女人出现在这里是苏拉格太太的失误。所以，由她来将这个女人劝走才合适。女人千恩万谢地跟在我身后朝前台走去，我带这个女病人来到苏拉格太太面前，意味深长地给她递了个眼色。我的秘书只将左胳膊肘抬起了寸余。

“苏拉格太太，你帮帮忙，跟她说一声吧？”我询问道，然后低下头，拖着僵直的身子匆匆逃往我的安全区——办公室。但是那个面色苍白的女人的身影却在我脑海中挥之不去，这天余下的时间里，我好像总能闻到她身上的香水味。每当我打开办公室的门，那气味就像灰尘一样打着旋儿向我扑过来。

聒　噪

时间匆匆穿过我的身体，就像自来水从没人换的锈蚀的水龙头里往外流淌。那天，我漫不经心地接待了7个病人。午后的天空像铅块一样阴沉沉的，下着雨。再接待一个病人，我就可以回家了。

我陪同阿尔梅达太太往办公室走去，同时向我的秘书瞟了一眼。她安安静静地坐在整洁的办公桌后面，正盯着桌面出神。悬臂台灯将她一动不动的身影打在她身后的墙上，她显得格外落寞。我甚至有一瞬间都在考虑要不要上前同她说些什么了，可是，又能说些什么呢？最后，我只是将身后的办公室门关上，转身接待我的病人。

阿尔梅达太太几乎比我高一头，一举一动总是格外显眼。她一阵忙活，将雨披脱下，把雨伞放下，往长沙发椅上重重一坐，抚平湿乎乎、皱巴巴的半身裙，透过架在她那个歪歪扭扭的鼻子上的小眼镜颇为埋怨地看着我。

“医生，我这星期过得糟透了。”她一边大声抱怨，一边挪了挪身子，让自己在沙发上坐得更舒服，“我心绪不宁。我敢肯定，是我的神经出了问题。我跟伯纳德也是这么说的，我说，你让我一整天坐在椅子上，单单这件事就让我心烦意乱！”

阿尔梅达太太总是紧张兮兮的。对她来说，没有哪天过得合她的心意。我的治疗似乎并不能给她带来任何改善，可她还是十分虔诚且兴致勃勃地每周来我这里两趟，就为了责备我一番。光是跟她说她本可以过得更好的就能让她生一肚子气，所以，我是真的不理解她为什么非要来。通常情况下，我就只管听她说话，偶尔会插嘴评论一两句，或者冒险就她完全忽略的问题多说点儿。

“……结果她说我上周欠她3法郎——3法郎，你听听啊，脸皮真够厚的！说起来我胸口就堵得慌。在商店里我差点转身就走，但是我忍住了，我告诉她，我说……”

我受过多年的训练，不必认真听就能择机小声应和，要是走运，我甚至一个字都不用说就可以挨到她离开诊所。

我的笔尖就要无聊死了。我低头看看，开始玩把眼前的病人画成鸟的小游戏。

“我确实神经敏感，可我要跟你说，我就是受不了不讲理的人！”阿尔梅达太太几乎是在喊叫。外面下着瓢泼大雨，除了一些模糊的形状，透过窗户几乎什么都看不清。糟糕的是，噼里啪啦地打在窗格上的雨点似乎让我的病人说话声更大了，音量比平常高了许多。但是我显然得继续忍受这一通琐碎的诉说，我无奈地想，同时注意到她头顶上有一小块头发稀薄得可疑。想到她可能会逐渐秃顶，我不禁暗暗想笑，况且，说不定我比她还知道得早些。于是，我赶快画上了这处新观察到的细节。我想象着有一天，她站在镜子和玻璃窗之间，冷不丁地瞟到自己的后脑勺，吓得僵在原地，连忙伸出短粗的手指将头发扒拉到旁边，露出那块秃了的头皮，然后尖叫起来："伯纳德！你怎么没告诉我啊，伯纳德？"就这样，这里画两笔，那里添两笔，我的生命又过去了一个小时。阿尔梅达太太做完了心理咨询，对我表示感谢。我为她打开门，小心地遮掩着手中的笔记本，不让她瞧见本子上画的秃顶鸵鸟。

还剩 688 次咨询。这时，我感觉 688 次真是太多了。

生长痛

几天后的一个早晨，苏拉格太太和我核对我的日程安排时，我打断了她：“等等，刚才那条怎么回事？那个德国女人还是成功预约了？”

她果断地点了一下头。

“是的，我得说，她十分坚持。她决意要开始心理咨询，显然是听过关于医生您的一些好评。”

我不屑地哼了一声，什么时候这也成了可以违背我的指令的理由了？

“我解释过了，你还有5个月就要退休，但她毫不犹豫地接受了，如果这样还拒绝她实在不妥。”

她说得有道理。如果那德国女人接受只做5个月的心理咨询，那么接受她做我的病人就不会违背我的职业道德，我也应该为额外地赚一笔而感到高兴。可我还是无法平息怒火，苏拉格太太怎么敢再往我的生活里塞进来一个人？我明确拒绝过，她却还是违背了我的意愿。我都要清理办公桌，退休了……

这个女人叫阿加特·齐默尔曼，她预约的咨询时间是第二天的下午3点，现在看来我做什么都晚了。

那天，最后一位病人一离开我的办公室，我就出门去找苏拉格太太了。她正收拾东西准备走，看见我找她，便问我今天是不是挺累的。我耸耸肩说，今天和之前的那些日子没什么区别。我还在生她的气，但我还是在一旁等她收拾好一切并穿上外套，为她开门。

"谢谢。"她说着走入几不可见的蒙蒙细雨中。

我点点头，锁上了身后的门。

“也谢谢你。祝你有个愉快的晚上。”

“也祝您有个愉快的晚上，先生。明天见。”

回家的路上，我的双腿似乎要把我往两个不同的方向拖。我想象着，其中一个是家的方向，我可以回去吃几片面包，舒舒服服地坐在椅子上，将腿跷在脚凳上，听着巴赫等待夜幕降临；另一个则是令人不安的方向，让我想起童年时的生长痛。那时候，我常常因膝盖疼得直哭，但父亲专注地画画，很少抬头看我，他只是说：“你只是在长身体，以后就不疼了。”

也许是我的腿听到了异国他乡的召唤。然而，我最远只到过巴黎，出国的次数屈指可数。现在我已经老了，父亲说的始终没有实现，那种痛楚是永久性的。

总之，最后我选定了方向：步履蹒跚地穿过清冷的夜色，走到了罗赛特路 9 号的花园大门口。这条路上散发着浓郁的新翻过的泥土的味道，我的几个邻居刚刚建好了花圃，花了好几个小时除草、播种。我的院子里执拗地只长着苔藓，仿佛草坪的海洋中泛起的涟漪。

等我吃过饭，轻柔的小提琴声像棉絮一样填满我周围的空间，我会陷入一连串的思绪，越发忧愁，不能自已。尽管我对这些都有所察觉，也知道这样会让自己痛苦不堪，但我就是任由这些情绪将自己淹没。可以说，这种状态是我自找的，我就是想一个人坐着，自怨自艾。我总是从这样的问题开始想，为什么没有人告诉我老了之后身体会怎样？为什么没有人告诉我关节会疼、皮肤会皱？为什么没人告诉我那些不可言说的感受？衰老的过程就像是眼看着心中的自己和现实中的自己差距越来越大，越来越大，最后，某一天早晨，当你醒来，你会发现镜子里有个完全陌生的人。这有什么美或自然可言呢？想到这些，我的心被苦涩的潮水漫过。

唱片播放完毕，安静将客厅中的我孤零零地抛下，致命一击来了——你永远无法逃脱。我不得不待在这座违背我心意的灰色监狱里，直至死亡。

圣斯特凡

蒙彼利埃，1935 年 6 月 21 日

回复：**阿加特·齐默尔曼**

今晨收治后，患者大部分时间处于无法沟通状态。以下资料多来自她之前的病历。

病史	女性，25 岁，德国人，1929 年因求学移居法国。15 岁时有自残行为，自杀未遂，青春期时定期去当地的魏因里希医生处接受治疗。 患者家庭富裕，和母亲、父亲与小 2 岁的妹妹一起生活。患者的一个姑姑成年后大部分时间在维也纳的一家精神病院度过。除此之外，患者家族中并无其他人患有精神疾病。患者的父亲是盲人，从事个体经营，母亲是全职太太。

目前状况	患者今日自诉极端悲伤，有自杀的想法，但反对入院治疗。有歇斯底里的症状。我们对她使用了限制行动的手段。患者脸色苍白，营养不良，抓伤了自己的脸，有几绺头发缺失。 患者独处时大喊大叫，无法沟通。
过敏史	无可知过敏原。
治疗计划	疑似精神病（早发性痴呆）。应对患者观察数天。如有需要，可使用乙醚，夜间则给患者用水合氯醛 20mg。

咨询医师杜兰德先生

阿加特 I

“我们又见面了。齐默尔曼太太，你进来吧。”我使劲握了握她冰冷的手。她穿了一件咖啡色的半身裙和一件软塌塌的高翻领衬衫，看起来比她纤弱的身体大了好几个号。前天初遇时那种咄咄逼人的眼神不见了，眼下很难看出她是如何让杜兰德医生和苏拉格太太败下阵来的。也许，我能摆脱她。

“请坐吧，太太，放轻松。”我朝着绿色的长沙发指了指，然后我坐进皮质扶手椅里，这张椅子棕色的坐垫因为用得久了，被磨得发亮，还有几处地方几乎变成了黑色。

“谢谢，但是你可千万别叫我齐默尔曼太太。如果你能叫我阿加特，我将不胜感激。”

我不习惯对已婚的病人直呼其名，但是这样能让她开心的话，也未尝不可。

“好，那就听你的。”

她笑了一下，环顾四周，屋里除了我坐的扶手椅和她坐的长沙发外，就只有一张桌子、一把椅子和两个书架。两个高耸的书架装满了书，都是我曾经怀着极大的热情收藏并认真看过的。她观察了一通办公室的布置，才小心翼翼地坐定，转过身，安稳地躺下。

“好，首先，我还是想重申我的建议，你最好还是去找别的医生，”我开始说话了，“因为你是知道的，我还有不到 5 个月就退休了。而且，坦白讲，这么短的时间里我不太可能把你治好。你最好还是去找一位能自始至终跟完整个疗程的医生，或许去巴黎找位医生？”

阿加特突然坐直，声嘶力竭地大喊：“不要！我不住院，不吃药，我就只想要一个跟我说话的人。我决定了，那个人就是你。”她微微扬起下巴，直勾勾地盯着我，脸上的表情好像在说，除非我拽着她的头发将她拖出去，否则休想把她赶走。我叹了口气，无可奈何地点点头。

“如果你真这么想的话，那就这样吧。”

“这就是我想要的！”

“很好。如果到时候需要，等我退休后可以给你推荐我的一位同事。”她耸耸肩，重新躺下，仿佛我说的这件事无关紧要。

“这样的话，”我继续说，“我建议咱们每周做两次咨询，周二下午 3 点一次，周五下午 4 点一次，每次 1 个小时。收费是每小时 30 法郎。如果你有事不能来，可以取消预约，但每小时的治疗我都会计费，直到你不再来为止。”

她点点头。我再次注意到她的香水味，带着一丝辛辣气味，时不时地拂过我的鼻子。这气味令我想起了什么？

“好。咨询期间，你有任何感觉都可以跟我说。对内心感受闭口不谈或者撒谎都会拖延治疗，而且我们聊的一切我都会保守秘密。”

和往常一样，我用一句话结束了这段独白，算是邀请她开始对话：“现在，跟我说说你的烦恼吧。”

阿加特犹豫片刻，轻轻揉了揉眼睛。

“我来这里，是因为我失去了继续活下去的欲望。”她的口音独特——或许这就是她努力将每个音节都发得像水晶一样清楚的原因，“我不奢望能好起来，但我希望自己起码能像个正常人一样过下去。”

显然，我面前这个病人的情况堪称罕见，因为她对奇迹没有指望。而我的绝大多数病人都想要快乐无忧地生活，可我给不了他们。

“是什么让你无法像正常人一样过下去呢？”我问。

阿加特开始向我描述她的症状。她头疼，有湿疹，常常哭泣，有时会突然暴跳如雷，变得非常暴力。她要么睡得比常人多，要么就根本睡不着，已经无法为市里的一个会计师做记账员了。几周前，她告了病假，在那之后，她几乎整天以泪洗面，要么朝她的丈夫朱利安大喊大叫，要么就像胎儿一样蜷缩在床上。我心烦意乱地听着她的诉说，心中想的却是她的香水究竟是什么味道。

“有时候，”她恍惚地说，“我幻想着把自己抓得鲜血淋漓，毁了容，这样就没人能认出我了。”

她面无表情地说出这些极端暴力的话，鲜明的反差令人咋舌。

“真的吗？”

“我有想抹去我的脸的冲动，因为我配不上它。”

“你想换一张脸吗？”我问。但是她摇摇头。

“不，我就是想被暴打一通。”

我在笔记本上短短记了几笔，又叹了口气。和我想的一样，她的病十分严重，想在剩下的几个月里让她好转是不可能的。我心中暗骂我那位任性的秘书。都是因为她，我现在才要对付一个如此偏执且患有精神障碍的病人，她显然有个执念，认为我能将人救出苦海。

“我理解，”我说，“我会尽可能地帮助你，太太。我们今天就到这里吧，周五下午 4 点再见。”

“医生，谢谢你。”告别之际，阿加特真诚地说，我们又握了握手，“您的治疗对我意义重大。”

圣斯特凡

蒙彼利埃，1935 年 8 月 20 日

回复：**阿加特·齐默尔曼**

今天上午 8:12，患者企图用刮胡刀的刀片自杀，被劝阻，未遂。

尚不知道她是如何拿到刀片的。护士利内太太发现她尝试用刀片割开右腕，后来用丝线给她缝了 8 针，10 到 14 天后可拆线。

目前已限制其活动，待其平静后可取消限制。

6 月 21 日收治入院后，首先使用乙醚稳定病人情绪，其后使用了电休克疗法，患者的哭泣次数减少。但是，与其交流时，大多数情况下患者均呈现出冷漠无反应或表达含糊的状态。患者无明显精神病症状，但经观察，其具有躁郁症的表现。

治疗计划	夜间当患者做出攻击行为时，继续采用电休克疗法。不允许她出院或见访客。除有医护人员监督的用餐时间，应始终限制她的活动。如患者始终厌食，拒绝进餐，可以强制喂食。

咨询医师杜兰德先生

看不见的朋友

我的邻居会弹钢琴，不常弹，但总是弹同一段，而且磕磕绊绊的，就好像他其实并不怎么会弹琴，只不过记住了这么一段旋律而已。我不知道这是哪首曲子，但是最后我喜欢上它了，还发现自己在吃完饭收拾碗碟时，或者烧开水泡茶时，会偶尔哼起这段旋律。

白天琐碎而漫长的工作之后，我回家坐在椅子里睡着了，隔壁的琴声让我心绪平和。我与邻居虽然被墙壁分隔两边，但这反倒令我们更加亲密。他与我，我们做邻居多年，彼此熟悉，无须多想便清楚对方日常活动的所有动静——什么时候是他晚上睡前最后一次如厕，什么时候是他醒来准备去教堂做礼拜，我都了然于心。此时弹琴的他先是兴致勃勃，转而满怀忧思，然后归于寥落。我想象着，自己可以从他手指拂过琴键的方式和日常活动的间隔与空白听出他的一切。有一次，整个周末我都没听到他的动静，心中越发不安。当然了，我最害怕的是自己忍不住去敲他家的门。所以，当我终于听到了邻居的关门声，知道他还活着，心里便大大地松了一口气。

要是我在街上遇到他，可能根本就认不出来。大多数时候，尽管我努力集中精神，最后还是难免陷入纷乱的思绪中，可就连我自己都不知道我在期待什么。他是高是矮？是否留着长发？我毫不知情。但是他弹奏的旋律和他生活中发出的响动，我都知道，都听得出。我感觉自己与他之间有着一种紧密的联系，而且我确定他的感觉也一样，虽然我无法证实。每当我失手让马克杯掉在厨房的瓷砖地上，或者非常少有地唱起歌来时，我都会想到他。也许他正站在墙壁那边，仰着头侧耳倾听。也许有一天，他会敲敲我的门，向我介绍他自己。

好吧，这都是我一厢情愿的想法。我清楚，这些想法听起来很奇怪，我也知道自己给人留下了十分孤僻的印象，但是我真的始终将他视为看不见的朋友。我们为什么非要在现实世界中有共同点呢？在这个两万人的城市中，大多数人彼此之间都是陌生的，而上天安排我们做了邻居，我们就该忠于扮演这样的角色。

我这个人一旦形成了固定的生活模式，就很难打破它，尽管我家和他家的花园大门之间仅有12米远，可我永远不会登门拜访。

阿加特 II

“感觉就像我带着大箱子到处走一样，你明白吗？就是女孩子喜欢用来装玩具的那种箱子。”

我轻哼一声，表示知道。

“箱子是盖上的。我将它紧紧按着，为的就是不让它轻易打开。我身边的人看到它，都以为里面装满了各种各样的宝贝——知识学问、美好的品质、能力技巧等，只要它的盖子紧闭，就没人知道真相。结果，我突然绊了一跤，箱子掉在地上。箱盖弹开了！里面是什么，人人都看得一清二楚。那一刻太尴尬了！

“箱子是空的。里面什么都没有！”

阿加特躺在长沙发上，双手交叠，放在胸口，大睁着双眼念叨着。我坐在她身后，从我的角度看过去，可以察觉到她哪怕最微小的动作，我自己却可以舒舒服服地藏起来。她黑色的睫毛微微颤抖，胸脯有节奏地起起伏伏，除此之外，她可以说是纹丝不动。她的声音水流般涌来，洪亮而轻松。

“嗯。”我又咕哝了一声。这个毫无意义的声音并没有催促病人，却足以让病人继续说下去。

“太可怕了！”她的声音越来越高亢，“我感觉自己像一个随时可能被揭穿的叛徒，只不过就是由谁来揭穿和什么时候揭穿的问题。于是我躺在家里的床上，一不留神，一周就过去了。”

我考虑了一下该如何应对。我可以任由她自说自话，然后问个问题，或者干预一下。我没有问什么敏感的问题，而是问：“有人知道你箱子里有什么吗？比如说你的丈夫，他知道吗？”

“我和朱利安的关系非常复杂。”

“我知道了。”我尝试着换一个方向引导，“如果你自己把箱子打开会怎么样？或者就把箱子放在家里，你一个人两手空空地出门，如何？”

她大笑起来，发出一阵干瘪、沙哑的笑声，听起来和欢乐毫不相干。

“医生，如果箱子没了，我也就没了。箱子是我的全部！”

这场关于箱子的对话让我筋疲力尽。我的膝盖隐隐作痛，太阳穴突突直跳。为了不打断阿加特，我小心翼翼地活动了几下双腿，这下感觉好多了。再过 17 分钟，我就能把她关在门外，感谢一天的工作又过去了。日子正令人安心地向着无牵无挂的退休生活推进。

“阿加特，再跟我多说说，人们觉得你在箱子里藏了什么？”我心不在焉地问，同时提笔给笔记本上那只脏兮兮的麻雀勾出一只残破的翅膀。

睡 莲

我工作中最令人难过的事情之一就是和失去了亲近之人的病人谈话。每每遇上这样的情形，我都会感到无以复加的焦虑。死亡之事是无法开解的。面对悲恸的病人，我从来不知道该如何是好。

但是我执业近 50 年了，总免不了碰上这类病人。有一天，来做咨询的安塞尔 - 亨利先生有史以来第一次迟到了。他患有强迫性神经症，按理说他不可能出错：他总是按时来，按时走，回答我向他提出的问题，穿剪裁合身、一尘不染的衣服，就好像是他那紧绷绷的身体的一部分。可今天却不一样。

“抱歉，医生。”他一边嘟囔，一边拖着步子走进办公室。晚了将近 20 分钟的他摇摇晃晃地栽倒在沙发上。

“你可来了，先生，我还以为今天见不到你了呢。”我说着，心想安塞尔 - 亨利先生是不是生病了。他一副刚睡醒的样子，而且穿的也是睡衣。很明显，他既没梳头，也没刮胡子。

这时，他竟然哭了起来。

“到底发生了什么？”我问。他只是摇摇头，双手捂住脸，他的整个身体不可控制地抽搐着。我先看看他，再看看关着的办公室门，特别想叫苏拉格太太进来帮忙。她肯定知道该怎么做，眼下，他显然更需要女性安抚宽慰，而不是医生的临床分析。

我想我应该做点什么。于是，我站起来，从架子上的木盒子里抽了张纸巾。

然后，我清清喉咙，说道：“先生，我看得出来，你现在非常痛苦。但是，如果你想让我帮你，你得告诉我发生了什么事。”

起初，我以为他不会回答，但我话音刚落，他就微微抬起了头。

“玛琳死了，”他哭得上气不接下气，趁着换气的间隙才挤出来这几个字，“她昨天死了。”

玛琳是安塞尔-亨利先生的妻子，是他在这世界上唯一喜欢的人。他在其他所有人面前都表现得拘谨而高冷，但不知怎的，唯有她让他卸下了盔甲。

我的病人坐起来，接过纸巾，擦干眼泪，使劲擤了下鼻涕，发出巨大的声响。然后，他眨眨眼，表情有点困惑，第一次正经八百地注视着我。我迎着他的目光，不知道该说些什么。他想让我怎么帮他？我放在膝盖上的双手就像一对不安分的小动物，左手抓着右手，使劲儿扭着。

“请节哀。”我说。

他点点头，但并没有把盯着我的目光移到别处。他能看出我的别扭吗？我不知所措的样子是不是特别明显？

“大家都知道，在极度悲伤时期，人可能会倒退回早期阶段，”我开口说道，同时感觉自己的语速越来越快，“你可能会发现自己变得比平时易怒，或者对每天的生活暂时失去兴趣，这些表现都很正常，你不必太担心，都会过去的。”我给了他一个微笑，但愿这个笑容能传达我的鼓励，“时间会治愈一切。”

安塞尔 - 亨利先生皱起眉头。我无法再承受他的目光，瞟了一眼我的笔记本，匆匆随笔写下几个词。

“我太太要在 3 天后下葬，我唯一爱的人死了，”他的声音因为哭泣而显得格外浑浊、嘶哑，“你却告诉我一切都会过去？”

我立即感到口中干得厉害，就好像舌头被裹进了一团糨糊里。

“我不是那个意思，”我硬着头皮解释，“对你失去爱人的事我感到特别抱歉，先生。”我就只能想出这么多话来。接着，我挥动双臂说，“我有个建议，我们的心理咨询延后怎么样？等你心里好受些再说？”

他离开办公室时扔在桌子上的那团纸巾缓缓展开。

我盯着那纸团发呆，任凭时间一分一秒地流逝。不知为什么，我就是无法从这一刻中回过神来。最后，纸团完全静止不动了，就像光滑的红木桌上盛开的一朵遗世独立的睡莲。我还是呆呆地坐在椅子上。

阿加特 Ⅲ

我深吸几口气，左右摆了几下头，耸耸肩膀，让身体活泛起来。我身体左侧常常痉挛，就是这一侧常常对着窗户。

我打开门。

“你好啊，阿加特，进来吧。”

她似乎有点气喘吁吁的。她常常踩点出现，几乎没什么时间在候诊室里坐着等我叫她。

“谢谢你，医生。”

她把外套挂在衣架上，又解下一条厚重的针织围巾，这才躺在长沙发上。今天她穿了一件紫色的连衣裙和一双黑色的平底鞋，黑色的长发随意地披在肩上，短刘海让她显得比实际的岁数年轻。她躺下之后双手交叠放在肚子上，这让我想起曾经读过的一篇童话里的小女孩。

几周之前，我曾让她记录她做过的所有的梦，所以我还没问，她就开始讲述她最近做的一个梦。

“一个我不认识的男人让我拿着他的双筒望远镜看。起初望远镜里的画面模糊不清，调整镜片之后，我终于找到了焦点。我看到了内脏、肺、心脏等各种器官。原来，望远镜就在我的体内。你明白我的意思吗？”

在我们交流的过程中，她很少提及她的家庭，但是我感觉我们很快就要聊到了。

“我说‘望远镜’这个词的时候你会想到什么？”我问。

“我父亲。”

“为什么？”

“我父亲是个盲人，但他心灵手巧，甚至会修理钟表。尽管他从来都没见过表长什么样了，却总能把坏的修好。他有个小小的修理铺，人们会拿着摔坏的东西去那里找他修。他们会告诉他那些东西长什么样子，是干什么的。然后，他就坐在那里开始修，手边摆着装有各种零件的碗和盒子。根据机械装置的复杂程度不同，他修理的时间从几天到几周不等，但无一例外，他最后总会将那些东西修好。”

她嘴角往下撇着笑了一下。

“有一次，他收到一个瑞士女人送来的表，那是一块非常精致的金怀表，用了 20 年，突然坏了。他花了 5 周才把它修好。表里的零件特别小，我用我的手指都很难将它们捏起来，但是他有那种小小的、镊子似的工具……”她的声音越来越小。

“那么，你梦里的望远镜是否就代表他缺失的视力？”我问道。

“不，不是的。我父母等了很久才决定要我，他们害怕他的残疾会遗传，怕我生下来也是盲人，但是最后他们问了一位医生，那医生认为他们的担心是多余的。于是，我的母亲才敢怀孕。当我生下来时，他们听医生说我的眼睛完全没问题才松了口气。于是，我父亲送了我一架刻字的望远镜作为我的受洗礼物。”

“刻的是什么字？”

“Für Agathe, der Apfel meines Auges.”

这一系列古怪的发音对我来说毫无意义，但是每个字母的音都发得格外清晰，甚至连最后一个“s”的发音我都听得十分清楚，阿加特就喜欢这样说话。她的名字在德语中的发音听起来十分不同。我想，人们总是用不正确的发音叫她的名字，她肯定早就受够了。阿加特。她刚说完，我就想跟着大声地说出来，一不小心咬到了舌头。

“意思就是英语里的‘眼里苹果’。”她解释说。

“哦，应该是‘眼中的苹果’[1]吧。”我补充说，然后继续刚才的话题，“那么，在这间办公室里，你要把这架望远镜对准自己。”

1　英语谚语，出自《圣经》，引申义为一个人视若珍宝的东西，可理解为掌上明珠。

这时，我终于想起来她的香水是什么味道了，是撒上肉桂粉的苹果在炉子上烤熟的味道，我母亲以前就是这么做的。

今日倒计时：还有529次咨询我就退休了。

这天清晨，6:25我就醒了，心脏跳得厉害，左腿有强烈的刺痛感。起初我以为是昨晚睡觉姿势不对造成的，可是，我在客厅里走了一圈，刺痛还是没有好转。我的屁股撞到了餐桌，我气恼地想，这里的空间太小了。另外，要是我在这里摔一跤怎么办？要等多长时间才会被人发现？我迫切地想量一下我的脉搏，但是我知道，那样只会让事情更糟。于是，我安慰自己，就算我在这里因为心脏病死掉，至少那些剩下的心理咨询都不用做了，一切烦心事都结束了。这么看的话，不管有没有人发现我，我就都无所谓了。

这么安慰自己确实管用。1个小时后，我出了家门。我一只手拿着公文包，另一只手拄着手杖，绕过拐角，穿过马丁路，往坡下走。这条路似乎比5年前陡得多，这种事，人不上年纪是察觉不到的。类似的事还有人行道不平整，混凝土路面歪歪扭扭，你应该趁你的小腿还好使时好好珍惜。

这天，我绕了一点儿路，故意经过一家咖啡店。多年来，我一直将这家店当成我的一个特殊幻想的背景。幻想的起因是，有一天我不经意看到这家店里的一张小桌子边坐着一对中年夫妇。出于某种原因，看到这一幕，我就在街上停下了脚步，注视着她抬起手，轻轻抚摩他的脸。他倾身让脸贴着她的手心——我突然感觉坐在那里的男人是自己——我能感觉到她传递给他的那份温暖，有一瞬间，我分不清她抚摩的是我还是他。

从那以后，我就有了绕道咖啡馆的习惯。每每经过那里，我就想象着有一天自己坐在里面。

今天店里只有几个人在边看报纸边喝咖啡，我匆匆地往店里瞥了一眼就往诊所走去了。

我到了，苏拉格太太从桌后站起来迎接我。但她会错了意，我将大衣递给她，她却伸手来拿我的手杖。于是，当我要把手杖递给她的时候，我们的手碰到了一起。多年来，我对这种意外碰触早已习以为常。一般情况下，这完全不算事，我俩谁都不会多想，可这次的感觉有些奇怪。我避过她的目光，感觉有些尴尬，只想赶快躲进我的办公室。我接过她递来的一摞病历，含混不清地道了一声谢就赶快溜了。

谢天谢地，坐进扶手椅的那一刻，我就将苏拉格太太抛到了脑后。我茫然地翻着笔记本，很快就陷入了胡思乱想。我想，这间屋子外面的生命是否和屋内的生命一样毫无意义呢？这完全有可能。有几次我听到病人的抱怨和诉说时，心中庆幸自己没有过着他们的生活。我想起自己曾经憧憬过退休后的休闲日子，想象在这么多年辛苦的工作后会得到怎样的回报。可是，眼下我坐在这里，实在是想不出退休生活有什么可期待的。难道我唯一肯定能收获的就是恐惧和孤独？真是可悲。我和他们没什么两样，我想，然后便走出门迎接这天的第一位病人，只是臀部肌肉一阵阵地抽搐，心里也感觉酸酸的。

阿加特 IV

这些年我治疗过不少躁郁症患者，他们情绪不稳定，常常焦躁不安，有时甚至有些轻微的精神错乱。有一次，我收治了一个男病患，他在躁郁症发作的3天里赌博输掉了自己的全部身家，因为他相信自己有天赐的能力，可以押中跑赢的马。

但是阿加特不同。尽管她内心痛苦不堪，但对每一次咨询她都满怀信心，而她给我的主要印象就是不开心。事实上，我甚至开始怀疑圣斯特凡医院的诊断是错的。于是，我决定好好问问她。

“阿加特，你来找我的时候带来了你的病历，上面有些事情我想问问你。”

“是吗？有好些事情我也想问问我自己，”她言辞尖刻，“比如说，我不明白把一个不开心的人绑在床上，用电刺激他的脑子，怎么能帮到他？”

“嗯，确实没什么帮助。”我坦言。我个人从来不喜欢电休克疗法或胰岛素休克疗法。“可是他们说那对有些难治的病人有奇效。”

她耸耸肩。

“可那些法子对我没起什么好作用。”

“我想知道的是你的诊断，”我解释说，“到现在为止，我已经与你接触了两个月，你给我的感觉主要是抑郁。现在你还有躁狂发作的时候吗？”

阿加特静静地躺着思考了一会儿。

“我不清楚怎么才算躁狂发作，但我确实会感到一阵阵的狂怒。偶尔突然来了劲，我会控制不住我自己，做出伤害自己的暴力行为。有一天，我做了这个——”说着她掀起刘海，露出太阳穴上一道短而深的伤疤。

“在碗柜上撞的。”她说。

“太傻了。”我简单地回答说，心想，病历上说她家境比较富裕倒是真的。

“医生，我非常高兴自己能向你支付这么高的费用，请你探索我的心灵深处。”

“说得好！”我忍不住笑起来。

她走了之后，我开始想，是不是我才是患躁郁症的那个？因为尽管我依然认为阿加特是个麻烦，认为她压根儿就不该来，可同时我已经开始享受我们之间的谈话了。如果对自己诚实点儿的话，我就得承认，凡是她来的日子，我都故意不给办公室通风换气，只为了让她的苹果香能在屋子里留得更久一点，这不就很说明问题了吗？

1948 年 4 月 28 日

先生：

早上好。

出于个人原因，我不得不告假数周，甚至更长，待在家中。今天需要的病历档案已经准备好了。至于其余的，如您所知，已经按照年份和姓氏整理好，放在办公桌后边了。

向您致以我最诚挚的歉意！

A. 苏拉格

假　条

苏拉格太太为我工作的 35 年间，她只请过 2 次病假。有一次是因为她母亲去世，还有一次是因为她忽然得了急性肺炎，在家花了几个星期的时间卧床养病。因此，看到她的假条我隐隐有些不安。

到底发生了什么？

春日暖阳，办公室里却毫不透气，闷闷的。我推开一扇窗，拿起那沓病历。尽管我和我的秘书之间没有发展出工作外的交情，更谈不上是朋友，但她的缺席竟然让我产生了一种奇怪的感觉——这个大大的屋子空荡荡的。毕竟，她是我工作场所中重要的一部分，就像我办公室里的长沙发和皮质扶手椅一样。

这天的咨询，没有任何病人让我感到惊奇或产生兴趣。首先我接待的是神经过敏的奥利弗太太，她每天早晨都会在其他家庭成员起床前把房子里的所有茶具擦洗一遍。之后来的是毛瑞斯莫太太，她丈夫对她非常差劲，我觉得她早该离开他了，她对丈夫的愤怒逐渐转化成了对自己的羞耻。最后来的是贝特朗先生，他看上去大概只是想找人倾诉。起初他来找我时说自己胸口疼，尽管我依然每隔一段时间就听听他的心脏，但我们之间的谈话已经转移到他在孩子面前难以树立威信的问题上。

此时此刻，我呆呆地坐在椅子上，听着贝特朗先生喋喋不休地讲他的事。突然，接待区传来一些响动。我连忙跟病人说抱歉，急匆匆地走出办公室，去看发生了什么。苏拉格太太的大办公桌上有个插满了黄花的花瓶倒了，卷宗文件散落一地——片刻之后我才意识到是怎么回事。我完全忘了关窗户，现在突然吹进来的风惩罚了我。今天我的病人们一定是坐在穿堂风里候诊来着，这时候我开始想念我的秘书了。关上窗户，稍作整理之后，我又回到了办公室里等着的病人身边。我们很快就结束了这次咨询。

“下周见，医生。”

每次我们结束时，贝特朗先生都会原封不动地说这句话。的确，也许到了我这个岁数，生活中的一切都只是重复。还有448次。我用这个来鼓励自己振作精神。我再聊448次就结束了，眼下我甚至已经不再努力去理解他们了。

完成了一天的工作，我走几步路，来到了蒙谷特餐厅。我不知道餐厅老板的名字，但是自从他的这家餐厅开业，我每周会有5天的时间见到他那张痘痕遍布的脸，每次他都会一言不发地朝我的桌子方向点头致意。过了一会儿，他端着一人盘奶油土豆和蜜汁火腿来了。

蒙谷特餐厅并不以高规格的服务著称，但每

日的推荐菜都十分美味，而且我喜欢坐的那张桌子总是空的。我往土豆上撒了些帕尔马干酪屑，然后就大口大口地吃起来。同时，为了打发无聊的时间，我开始努力回忆每一道菜在菜单上的对应编号。等吃完了晚餐，我会喝 2 杯水顺顺食物。

一天 24 个小时，我就这样成功地打发了其中的 23 个小时。

阿加特 V

她终于来了。刚进门的她喘得上气不接下气，脸上红得厉害。为了不让自己显得比实际年龄老，坐在椅子上的我立刻挺直了腰杆。

“你好啊，阿加特，进来吧。”

“你好，医生。”她喘着粗气回答，“对不起，我来晚了！”

她今天穿了一件我以前从未见过的米黄色大衣。把那衣服挂起来之后，她问道：“告诉我，你的秘书去哪儿了？”

“她恐怕暂时不能来上班了。”

“这样啊。这么说你也落单了。”

说着她故弄玄虚地露出一个微笑。我决定趁机套她的话："你是一个人生活吗，阿加特？"

她耸耸肩，往沙发深处坐了坐，然后小心翼翼地躺下，就好像是躺进一个我看不见的模具。

"算是吧。我的生活过得半死不活，确实孤单，感觉就像一个双腿断掉的人看着别人嬉戏玩耍。"

我太知道她说的那种感觉了，幸运的是，我坐在治疗师的椅子上，而她坐在病人的长沙发上。

"阿加特，你说话总给人一种你的生活已经结束了的感觉，而且你毁了自己的一切。可是，生命中的每时每刻，你都有机会做让你自己为之骄傲的事。"

"要是非装出积极向上的样子不可，我会觉得自己恶心。我做出过什么能为之骄傲的选择呢？我又为我的退休生活做了什么精心计划呢？通通没有。"

阿加特说到这里摇了摇头。

“现在要想进一所好大学恐怕是晚了。就算我知道我想做什么，我也没钱去做。如果我真想好好学钢琴或者唱歌，那我早就去学了。医生，我这把年纪，干什么都晚了。”

我仿佛看到绝望像浓重的雾霭一般盘桓在她和我之间，我往前坐了坐，继续开解她：“阿加特，你说一切都太晚了，可事实并非如此。我相信生命是由我们需要做的一长串选择组成的，只有当我们拒绝为选择负责的时候，生命才不再重要。”

这段话我换着花样说过上百次，甚至上千次，但是因为在这些话背后，我没有任何真实的积极的经历作为支撑，它们只是抽象而干瘪的句子而已，可我依然希望阿加特能从这些话里受益。她躺在那里，手腕上伤痕累累，像一块脆弱透明的玻璃。尽管我觉得自己有些虚伪，但我的用心是好的。我确实想帮助她，只不过这种帮助让一切变得复杂了。

“我明白你的意思，医生。可我已经这样劝过自己很多遍了，你没想到吗？”

“有时候，听见这话从别人嘴里说出来会更管用。”我说。

“也许吧。我真的觉得自己已经够努力了，可还是抓不住生活。生活就像近在咫尺的猎物，我几乎能闻到它的气味，”她恍恍惚惚地盯着空气说，“可我就是不明白，大家是怎么好好过日子的。”

咨询结束后，她轻轻地拎着她那把条纹雨伞，迈着几乎无声无息的步子离开了我的办公室。我感到十分困惑，她口中的“生活”到底指的是什么呢？在我一个外人看来，她无疑就是在生活。她的心脏在跳动，受过教育，也成了家，如果这样的阿加特都不算在生活，谁还能算呢？

我关掉台灯，向办公室门口走去，一时间心中只觉得世事无常。很快我将结束职业生涯，我很难去珍惜和欣赏这些短暂出现又即将告别的人与事。我努力想象在我之后接手这家心理诊所的医生的样子，或许会是个活力四射的年轻人，劲头十足，思维活跃。阿加特会让他继续为她做心理咨询吗？他最后会将她治好吗？我知道这样想很自私，但我还是宁可她始终病着，也不愿意让别人治好她。

我花了很长时间才把病历档案一一放回架子上：这个过程让我极度舒适。然后，我坐到打字机后面那把被苏拉格太太抛弃的椅子上。

外面灯火渐稀。

镜　子

有件事我尽力不拿它当回事，最后却发现我怎么也绕不过去了：我越来越频繁地感到焦虑。这种情绪往往是在我刚睡醒时发作，搞得我心脏狂跳，感觉死亡像水流一般已经没过了我的脚后跟。平常，我只要一工作起来就能自然而然地摆脱焦虑。可是，近来情况越来越严重了。我开始怀疑自己，那些劝慰病人的话一次又一次堵在我口中说不出来，酝酿了半天，我脱口而出的却都是些不合时宜的话。病人们没有表示抗议真是一个奇迹。可是，我的病人实在太有教养，也太专注于自我了。等到这星期最后一位访客在他身后把门带上，我终于无法再维持表面的镇定，就连今天之后还有多少次咨询就退休这种事都无法宽慰我。于是，我重重地拍了几下档案柜，上面插着的钥匙都被我震到了地上。幸亏苏拉格太太不在，她可看不得我如此粗暴地对待她心爱的家具。

我深吸一口气，停顿片刻，然后又长长地呼了一口气。

我的手微微颤抖，脑子里塞满了病人的说话声。这些声音汇聚起来，涌到我的太阳穴下面，化为嗡嗡作响的杂音，听着令人心碎。难道所有人都过得这么悲惨，还是因为我只见到了那些郁郁寡欢的人？办公室外面的一户户人家里，有没有人上床睡觉的时候是心满意足的，而且非常清楚地知道自己第二天起床要去做什么的呢？

我突然想起来，自己忘记吃午餐了。

我完全不知道时间都去哪儿了。让那位满脸痘痕的餐厅老板徒劳等待，我感到有些良心欠安。紧接着，我突然开始犯恶心，赶紧强迫自己站起来，抬腿走进诊所小小的卫生间，在里面就着水龙头喝了几口凉水。汗水在我的背上仿佛凝成一层薄膜，心跳也加快了一倍。

我关上水龙头，直起身来。一阵熟悉的眩晕突然袭来，我紧紧抓住盥洗盆边缘，这才没有失去平衡。

我抬头看镜子，想在里面找到我的脸，却只看到一片空白。

里面没有一个人！尽管我非常清楚这个卫生间里根本就没有镜子，但我还是花了相当长的时间才想起来这个事实，接着脑子里才逐渐意识到这一点：原来是这么回事！

我站在那里，靠着冰冷的陶瓷盥洗盆站立良久，等到我确定自己可以稳当地走路才准备离开。我拉下门链，打开门，走出卫生间，最后一次回头看看里面那堵光秃秃的白墙。

柴可夫斯基

发生过卫生间里那一幕之后，我只想回家。我没有收拾其余的病历，便拿起帽子和大衣，走出了诊所。在天气晴朗的日子，要是我的膝盖疼得不厉害，沿着蜿蜒曲折的街道走回家中只需要9分钟；然而，今天花在路上的时间更少，因为我近乎在小跑。一路上我都在努力让自己相信自己的存在。这听上去或许很奇怪，可是一个人有时候确实会对自己的存在产生怀疑，我没有在世的亲人或朋友——如果日常和我接触的人作数的话，那可以说和他们交往纯粹是社会规范使然。除了对古典音乐的一点儿业余兴趣，喜欢喝好茶，按部就班地工作以外，我没有什么特别的爱好。我就这样过着普普通通的日子，一直过到现在，一切都开始走起了下坡路。

这时，我看到一处整洁气派的宅邸，宅院四周的墙壁上爬满了藤蔓。房子里，前厅坐着一个发福的女人，电视机的光照在她蜡黄的脸上。余下的日子里，我也会像她一样成天目不转睛地盯着那个玩意儿看吗？看电视机里那些我完全不认识的家伙，在花园里种种花草，或者一边吃了睡、睡了吃，一边眼睁睁地看着自己的身体走向衰老？雪上加霜的是，这时我突然想起了最近读到的一篇文章，里面说有的人刚到退休年纪，正准备享受他们终于可以自由支配的时间就死了，有这样遭遇的人的数量惊人。我不由得阴暗地想，这样的话至少能解决一个问题：我不用费尽心思想退休之后干什么了。然后我推开我家的花园大门，走进房门，径直来到冰箱前，打开之后看到一幅凄凉的画面：一个只装着两个鸡蛋的纸盒、一罐果酱、一点儿黄油，还有一片干奶酪。除此之外，再无其他。我决定今天就不花心思煮鸡蛋吃了，于是我沏了一壶茶，做了几个三明治，坐在厨房的餐桌旁，就着钟表沉重的嘀嗒声吃完了晚餐。面包很有嚼头，但要是我想纯粹为了满足味蕾吃饭，餐桌上的食物恐怕就不会是这些了。

之后，我把毯子盖在腿上，在椅子里听着音乐坐了几个小时，每当唱片放完，我就反射性地将留声机的唱针放回开头的地方。我的手就是会做出一些自发行为，包括重置唱针，这样做的时候，我感觉同时也用手将时间调了回去。

最后，我不得不起身去上厕所。站在马桶前的我突然想到，自己好像已经不再自慰了。上次是什么时候了？我低头看看，挤了挤被我忽略已久的老家伙，以示安慰，这才拉上拉链，走出厕所。然后，我穿上那套蓝色的旧睡衣，躺到了床上。

阿加特 VI

周六下午，每周例行购物完毕，我沿着帕维隆路往家走。走到这条路与海纳林荫大道交会的路口，我像往常一样经过那家小小的街角咖啡馆门口。这时，我看到她——阿加特坐在咖啡馆里。

可她不是我认识的那个阿加特。她穿了件暗红色的衬衫，衬得皮肤白得发亮。尽管她是坐在那里的，但她的整个身体都被调动了起来。她举起双手在空中画圈，刘海下的一对眸子闪着幽深的光彩，她正在和桌上的另外 3 个女人解释什么。最美的还是她的嘴，尤其是她仰起头，发出近乎不可控的大笑时。

我没多想就走到咖啡馆斜对角的一个小花园里，躲在一棵树后面。占据这个有利地点之后，我开始观察咖啡馆里的那个红点，也就是阿加特。我想象着，如果面对面坐在桌旁的是我们，她会是什么模样？她应该会比我刚才看到的样子更严肃些，但那张嘴还是那么柔软灵动。在我的想象中，她会将几绺头发从脸上拨开，倾过身子，把一只手放在我的小臂上。

就这样，我站在那里，活像一个猥琐的偷窥狂。这时，阿加特从咖啡馆走出来，和她的朋友们道了别。因为站了太长时间，我的膝盖有些酸疼，我几乎没怎么在意这些，尾随着她穿过城市，往她家的方向走去。我拎着购物袋走在路上，感到内心萌生出一种欲念，同时又有一种熟悉的羞耻感沉甸甸地压在心头。我陶醉于这样的状态，注视着她走进安西安娜路上的一栋两层小白楼，大厅的灯亮了。现在我知道了她每天就在这座楼里睡觉、洗澡、穿衣打扮，知道了她每次去见我都会从这条人行道经过，我竟然对她产生了一种奇怪的亲密感。

我在那里站了一会儿，假装正在从购物袋里翻找什么东西。我提起一包切好的火腿片，又把一盒鸡蛋挪了挪地方。我感觉脸上火烧火燎的，脉搏跳得厉害，甚至连平稳呼吸都很难做到。随后我平复了一下情绪，快步走过她的房子，在恰好能看到里面的时候抬头瞥了一眼。我不知道自己到底想看到什么画面，但我看到了她坐在一把椅子边上的侧影。她正在发呆，也许离我只有 4 米远。她仿佛戴着一个死气沉沉的面具。等我眯眼仔细看的时候，才发现她的泪水滑落，像墨滴一样打湿了红色的衬衫。

我回到家，关上身后的房门。兴奋的余波还在，像回音一样震荡不已。这感觉就像我发现了一个秘密，迫不及待地想与人分享，又像收到了一份美妙但禁忌的礼物。我的身体兴奋起来，脑海中一再浮现出阿加特微张的嘴，还有衬衫包裹着的她那纤细的身体。有那么一会儿，我在这样的享受中彻底沦陷了。

但再次睁开眼睛时，我心里很明白这不可能，因为阿加特是我的病人，我是她的医生，我的工作是帮助她！于是，我坚决地抓起大衣，匆匆走入黄昏中。

湖畔的风让我好似冲了个痛快的凉水澡。这时候我的兴奋已经完全退去，疲惫感袭来，我一瘸一拐地走在回家的路上，眼中尽是泪流满面的阿加特，那个画面仿佛烙在了我的视网膜上。

聋子、哑巴和盲人

几天后，下午过去，傍晚来临，当我终于下班走出诊所的时候，275 个病人减少到了 266 个。

太阳低低地悬在房顶上，耳畔除了我的手杖有规律地敲击地面的声音，就是鸟儿的歌唱声。我路过别人家门前的邮箱，注意到上面写的姓氏。不过，我很少真的认识这些人。与我多年来在工作中交谈过的城市居民相比，我在办公室外认识的人简直少得可怜。有时候，我觉得其中好些人或许是我自己编出来的。从某种角度来说，苏拉格太太也是如此，只有她请病假的时候才走出诊所，进入现实世界。

最后一段坡道总是最难走的，我很庆幸自己终于到了 9 号庭院。我那喜欢擅自行动的手已经从大衣口袋里掏出了钥匙。这时，我的眼角余光突然扫到了一个身影，是我的邻居。我顿时产生了一种恶魔般的冲动，想上前将他从阴影中驱赶出来。为了证明我这个邻居是个有血有肉、真实存在的人类，我抬了抬帽子，向他大喊：“晚上好，邻居！”

他侧身对着我，对我的致意没有任何反应，只是打开了邮箱，从里面拿出一封信，又把邮箱盖上。他转身返回庭院时才抬头瞟到我，向我礼貌地点点头。我再次尝试跟他打招呼：“晚上好，邻居！”

那人抱歉地耸耸肩，先是指指自己的耳朵，然后又指指嘴巴，最后摇了摇头。我心中仿佛有什么东西摔了个粉碎，感觉肚子抽搐了一下，双腿发软。那人是个聋子，之前他压根儿不知道我的存在。

我迅速转过身，匆匆踏进我家的花园，穿过

前门，在我身后狠狠地关上门。我感到眼皮上有股逐渐增强的压力，就这样，我瘫倒在厨房里的一把椅子上。过了好一会儿，我才发现自己手里还握着手杖，大衣也没脱。

来　访

办公桌上堆着一沓纸，上面都是我画的涂鸦和随意写下的潦草字句。我把病历档案和它们归拢到一处，搬起来，然后蹒跚着走进候诊室。我的嘴角在重力的作用下直往地面耷拉，我想象着自己的皮肤下垂得越来越厉害，直到两腮垂到地毯上，我不得不拖着它们走到候诊室的大桌子边。这时，我见到了苏拉格太太。她坐在窗户下面，就像曾经坐在那把椅子上工作的那个女人的复制品。我在她面前停下脚步，双臂抱着高高的一摞文件，不知道接下来该如何是好。

我努力地向着她的肩膀伸出一只手，清了清

喉咙。

“你怎么来了？”

我的声音粗重却响亮，可她似乎完全没有留意到我的存在。她用一种自言自语的姿态说：“他已经在家33天了，现在病得更厉害了，这是要在我眼前死去啊。”

显然，平日里计数的不是我一个人。

“苏拉格先生病了？”我小心翼翼地问。

她终于抬头看我了，脸上的表情我从未见过。她脱口而出：“我再也受不了了！最讨厌的是，我们甚至没办法一起聊这件事。”她的声音颤抖着，“托马斯显然是害怕极了，可是他什么也不跟我说。我们平时什么都可以拿出来聊！”

“听到这个真是抱歉，太太。”我说，同时非常憎恨自己无能为力，“要是能有我帮上忙的地方，一定要告诉我。”

这些空洞的安慰显然不是她此时需要的。

“要不，您跟他谈谈？”她焦急地问。

我不解地摇摇头。

“可是，太太，那么做怎么能帮到你呢？”

“我觉得要是有人可以聊聊的话，对他有好处，但是我们都没有宗教信仰，他不会和上帝对话，又不喜欢他自己的医生。”

“可是……”

她立刻打断我说：“我整夜整夜地睡不着觉，都是因为我太害怕醒来的时候发现他已经去了。我无法忍受他就那么死去。我把床垫搬到他的房间里，这样我就能整晚都躺在那里听他呼吸。”

我试着劝她，但其实我真正想说的是，我完全没想过要和这办公室之外的人交谈。上次我和其他人开展日常的对话已经是相当长时间以前的事了，光是想想都头疼。此时的我感到非常无奈，换言之，在这种情况下，她竟然真的向我求助，我既吃惊又觉得荒唐。可显然她对我通过这样的方式帮助她是有指望的。

“好吧，我会和托马斯谈谈的。”我说，“这几天我就去登门拜访。”

“太谢谢您啦，先生！”她紧张的面部肌肉放松下来，还握着我的手待了一会儿。

苏拉格太太离开之后，我感到浑身都不自在。我在卫生间里站了很长时间，额头抵着冰冷的墙，任由水流从我手中流走。我慢慢地呼吸，清空所有思绪，尽量让身体保持静止。

此时此刻，我最想做的就是转身不理别的事，爬回到我刻板乏味的生活中去，忘掉关于那个濒死之人的一切，然后继续倒数：291，290，289。但是我知道这不可能。毕竟，我以我笨拙的方式喜欢着的人在向我寻求帮助，如果我连试都不试，我这人还有什么可取之处呢？

迷　途

那天晚上，我醒着在卧室里躺了好长时间。这期间我什么都没做，只是定定地盯着衣橱的轮廓和能从窗户透进来的暗淡的光。起初，我想的是苏拉格太太焦虑地听着她丈夫的呼吸的画面，然后又想，她希望我能为他做点什么呢？然后，庭院中的鸟儿振翅起飞，发出一阵窸窸窣窣的声音，我开始想，等死神要把我带走时，我会奋力反抗吗？

等到闹铃响起，我又要开始笨手笨脚地执行这一天的例行之事了。我和往常一样，从床上下来，烧水泡茶，从冰箱里取出牛奶……但是心中的那份不安没有减少分毫。还是和往常一样，我吃了一点儿面包，洗了个时间超长的澡，然后从一摞一模一样的衬衫中随便挑了件干净的换上。然后，我就拖着疲惫的身体出门了，去我那个越发凌乱邋遢的诊所。

今天的咨询工作很难熬。布里太太抱怨她母亲对她冷漠疏远、漠不关心，故事无聊到我几乎听不下去。我接连打喷嚏、咳嗽，因为太过频繁，惹得她最后问我是不是感冒了。忧虑和一种近似于悲伤的情绪在我胸中积聚，我开始怀疑自己在这种压抑的痛苦下能否撑过一整天。布里太太走的时候和我握了握手，她说："一个人要是没人关心，最后会变成一个小可怜。有时候我想，可怜到那个地步的人还能算是个'人'吗？"

下一个病人是 18 岁的塞尔维，她没来。病人爽约可不常见，不过话说回来，也可能她联系过诊所，想取消预约，但没能成功，因为毕竟我现在没有秘书打理日常事务。按说，和病人谈话几个小时，已经很让我煎熬了，我现在应该感觉松了口气才对。可是并没有，我反倒越来越心慌了。预约取消让我不得不重新面对自己，而我所做的一切就是想逃离自己。此时有团疑云在我的脑海中左冲右突——要是我试着和苏拉格太太的丈夫沟通，但效果不佳，她会作何反应？一个人都想不明白该如何过自己的生活，又怎么去帮助一个陌生人得到善终呢？

我不想再纠结于这些疑问，站起身走出办公室，来到接待区。我在那里不断地来回踱步，把杂志摆正，再看看窗外的草地，走到大门边看我的病人是否在来的路上。但是，我既没看见塞尔维的影子，也无法平复内心。就这样，我的心情越来越糟糕，周身的皮肤仿佛一张网兜将我紧紧勒住。我张了张嘴，再闭上，转转肩膀，直起腰来，可怎么都不舒坦。于是，我抓起身边的手杖，冲出室外，来到阳光下。我不知道我要去哪里，只知道我不能留在原地。我往左一转，大步流星地沿街前行，但沿途没有看到什么特别的事物，不一会儿就感到吃力了，停下来大口地喘息。我眼前仿佛出现了一幅幅令人困扰的画面：阿加特柔软的皮肤贴着绿色的长沙发，我孤身一人在家中的窗口边发呆，苏拉格太太和她的丈夫托马斯拥抱在一起。偶尔人行道上有人迎面走来，为了不撞到我，他们都选择避到一边。但其实我都没怎么注意到他们，一心只顾着让自己站住，别倒下，最后我倒在路中央，完全不知道自己是走到了哪里。

等慢慢喘过气来，我意识到自己一定是把手杖弄丢了。我困惑地四下打量，发现此时我正坐在一块立起来的石板上，那石板相当于一面屏风，两侧一边是马路，另一边是整洁美观的庭院。缓了几分钟之后，我小心翼翼地扶着那块冰冷的石头站起来。我的身体状况还好，只不过两条腿有点打战，可能是精力消耗殆尽的缘故。然后，我摇摇晃晃地慢慢走在街道上，眼前的现实世界再度清晰起来。真是个傻瓜，我责备自己，怎么会突然这么失控？与此同时，我心中清楚，明天还会发生这样的事情，对此我无能为力。

在街道尽头，我找到了我的手杖。我磕磕绊绊地往诊所走去。这段路比我平常走的距离远得多，而且此时我肚子里还不舒服，但即便这样，我还是挣扎着回到办公室，完成了那天最后的 3 次咨询。我疲惫不堪地坐在椅子上，身上的衬衫硬邦邦、直挺挺的，好似是口香糖纸做成的。这会儿，我只会说两句话，一句是“你好”，另一句是“再见”。

等一向惊恐不安的毛瑞斯莫太太像往常一样将诊所的门反复开关 3 次，我这天的工作就算是正式结束了。之后，几个小时以来，我第一次好好地长呼了一口气。等待我的是严重的恶心和眩晕，最后我不得不冲进卫生间吐了起来。我感到巨大的挫败。

阿加特 VII

“我觉得我很愤怒。不，我很清楚，我当时就是愤怒，只不过那时候我不敢放任自己感受这种情绪，不过，我没有再唱歌，也不怎么碰钢琴了。就是从那以后，我才开始用刀子划小臂。”

坐在她身后的椅子上，我能清楚地看到她的两颊，看到她紧闭的双眼四周细密的皱纹。

“我也不知道自己为什么要这样说。医生，你有什么看法吗？一个人可以用水果刀替代钢琴吗？”她说着说着开始大笑。

“嗯，可以啊，为什么不能？”我回答说，“想想痛苦和心理的升华带来的各种艺术吧。”

她今天穿的是一件深绿色的连衣裙，外面套了一件灰色的衬衫，脚上穿的是一双深色的低跟鞋，一部分被长沙发的边缘挡着看不到。她的双脚微微晃着，先是往一边倾，然后再歪到反方向。

“总之，就是这么回事。从那以后我才开始自残的，我用小刀割自己，扯自己的头发，用各种东西打自己，还撞墙撞到头破血流。我向你保证，这么做比乙醚和安眠药都管用！”

“可能管用吧，这么做不过是用新的痛苦盖过原本的痛苦，而不是消除那些痛苦。你不能骗自己用头撞墙解决你的实际问题，阿加特，你只是在用自己没能做到的事情惩罚自己。”

我说话一副老气横秋的样子，真是讨厌。但紧接着她咧嘴笑了，我敢说她是在笑我。

“没错，医生，”她说，“你说得对。那你是建议我别这么做喽？你的建议还真是‘新鲜’啊。”

“告诉我，这对你来说是个玩笑吗？”我脱口而出。

“我向你保证不是。”她倒是直言快语，“我是被自己活在世上这个事实给活埋了！我还以为，一个被判了死刑的女人在你面前开绞刑架的玩笑时，你能看穿玩笑背后的痛苦呢。”

我朝她的方向探了探身子：“可你到底做错了什么呢，阿加特？你为什么对自己如此愤怒呢？”

她弹了下舌头：“我说了这么多，你到底有没有在听啊，医生？”

“有啊，我当然在听。但是你别见怪，再给我解释一次吧。”

她呼出一口气，刘海都吹了起来。她的声音又回归正常的语调：“我愤怒是因为我一事无成。我应该有所作为的，但我最后什么都不是。”这回她常常噙着泪水的眼里真的流下了一滴泪，这在她来诊所做咨询的日子里还是第一次。泪珠顺着她的太阳穴一直滑到她洁白的喉咙上，我拼命集中注意力才没让我想象过的有关阿加特的画面插进脑海，把谈话继续下去。

“如果接下来我说得太俗套，我很抱歉。我知道，你以前肯定听别人说过。但是，我真心觉得自己是个与众不同的人。”她说。

“你现在也是个与众不同的人，至少有一部分是。”我回答，“不然，你怎么会如此愤怒呢？而且你同时还有另一种矛盾的感受。”

“什么意思？”她不屑地哼了一声，飞快地用手背将泪珠抹去。

“我是说，你既感觉自己是独一无二的，又同时觉得自己是个无关紧要的人。”

她缓缓地点点头：“我觉得你说到点子上了。我一会儿觉得自己不配活在这世上，一会儿又觉得这世上没人配得上我。是不是挺傻的？”

死亡所在

最后，我实在没办法再拖了。此时此刻，我站在那栋房子门外，过去一两天的心神不宁变成了一种不真实感。我这是给自己找了什么事啊？

过了半晌，苏拉格太太才来给我开门。

“晚上好，先生。您能来真是太好了，快进来吧。”她说着打开门，让到一旁。她憔悴得几乎脱了相，就好像脸上的皮裂成几块，脱落下来，又被敷衍地拼了回去。这一幕让我想立刻转身沿着花园小路逃回街上，然后弯腰钻进我来时坐的那辆充斥着汗臭味的巴士里。但我没有。我跨过门槛，差点儿被一个像织布机样的东西绊倒，忍住惊吓，没喊出声来。屋里到处都堆着东西！

“交给我吧。”

苏拉格太太拿过我的手杖，将它放在一个架子上，那上面至少有 10 把大大小小的雨伞。然后她又将我的大衣搭在一摞报纸上，我则东张西望地要找地方放我的帽子。我从来没见过这么多鞋、水罐、钓鱼竿和洒水壶堆放在一间房子里。

“这边走。”苏拉格太太带着我穿过狭窄的门厅。

“我觉得他已经醒了，要是没有的话，叫醒他也没关系。”她停在那间应该是病号房的屋子门口。

我点点头。

“我就在那边等着，有什么需要就喊我。”苏拉格太太说着继续沿过道往里面走去。

“等等，”我在她身后大喊，“他得了什么病？”

她回头直视着我说：“癌症。”

然后她就进了厨房，只剩我一个人站在死亡盘踞的房间门外。

我小心翼翼地敲敲门就进了屋。他躺在屋子正中央的一张双人床上，只有一张脸露在被子外面。他长着两道过分浓密的眉毛，眉头中央是一道仿佛用凿子凿出来的深沟般的皱纹。但我走近他之后，他脸上痛苦的表情变成了友好的微笑。

“晚上好，医生。”

角落里摆着一张扶手椅，我将它搬到他床头。虽然座椅偏矮，但我最后还是说服自己坐了下去。我想，总有一天我坐下就再也站不起来了，只能待在椅子里。没准儿是我家里窗前的那张椅子，也可能是湖边的那张长椅——我坐在那里，四周尽是安眠的天鹅。

“今天感觉怎么样，苏拉格先生？”我问。

“谢谢，我好多了。”他回答说，“你能来探望真好。我想我亲爱的妻子一定是对我失去了耐心。”

他的头深深地陷在白色的枕头里，一股久病之人身上臭烘烘的味道立即从干净的床褥下冒了出来。我没说话，因为我不知道说什么。

他清清喉咙，继续说：“叫我托马斯吧，医生。虽然我们并不太熟，但我现在聊天可不想字斟句酌的。我对我妻子来说就是个累赘，我不想让我的恐惧拖累了她。可事实上我真的害怕极了。”

他每说一句都要缓一缓——先攒足一口气，吐出一句话，再费力地吸一口气，然后再说下一句。

“你可不是累赘。”我在努力想词。但是托马斯没答话，这尴尬的安静让我无处可逃。我就知道，我想，在宽慰人这事上我最差劲了！

然后，枕头上的脑袋说话了：“你了解死亡吗？”

我皱皱眉头。

“人不是都难逃一死吗？”我又挤出来一句话，但是就连自己都听得出来这话有多无力。

“这些年，我和很多病入膏肓或者刚刚失去亲人的病人聊过。”我努力推动谈话，但好像这话让情况变得更糟糕了。最后，我摇摇头说，“不，我不了解死亡。”

托马斯微微一笑，点了几下头。

“对啊，你看，一个人在真正死亡之前是无法了解死亡的，完全无法了解。”

在胡楂儿和灰扑扑的皮肤下，他的下巴一动一动的，就好像他在嚼什么东西。我有一闪念想到自己或许很快就会变得跟他一样。我灰色的头发里倒是还有几根黑发，但我要是病倒了，估计它们坚持不了多久也会变成灰色。另外，一个重症病人很容易就会流失 10 公斤的肌肉和脂肪。

“每天晚上，我躺在这里，听着我妻子的呼吸，我都会想，我怎么忍心离开她啊。”

他的床右边的地板上有一张床垫，说是床垫，其实就是一个枕头和一床羽绒被。在他左侧——也就是我坐着的那侧，床头柜上有一盏台灯、一杯水、一个脸盆和一小罐薄荷糖。看来这些就是他太太希望的能把他从死亡手里拉回来的救星。

“实话实说，我觉得我帮不到你什么，托马斯。”我说，“我没爱过任何人。”

我没想到自己会说出这种话，但是托马斯并没有特别大的反应，只是说：“我懂，不是人人都那么幸运。这样的话，你面对死亡的时候或许还能轻松些。”

“或许吧，”我承认，“可活着的时候不太轻松。”

他大笑起来，发出石子碰撞般的声音。

“你说得确实有道理。”他说话的时候唾沫飞溅出来，大笑很快变成了咳嗽，“缺少爱的生活的确不太快乐。”

我也朝他笑了笑。我们又一言不发地坐了一会儿，然后我开口问：“你说你害怕极了？”

“害怕到六神无主！”他又露出微笑，这次连眼神里都带着笑意，“能大声说出来感觉真好。”

“的确如此。”我坦白说，“我还没弄明白这是什么原因呢。”

“我想，最糟糕的就是死了之后我再也见不到我妻子的脸了。到时候我不得不去那个没有她的地方。”

不知道为什么，我竟然完全明白他的意思。

“也许你不必真的放下她，”我试探着问，“而是要放下除她之外的一切？”

我不确定这么说有没有道理，但是托马斯伸出胳膊拉住了我的手，就像几天前他妻子拉住我的手一样。

“没错，”我感觉他的手紧了紧，虽然力量微弱，但确实在用力，“她是我永远放不下的人，至于其他的，也许我能放下吧。”

然后他松开手，又剧烈地干咳了一阵子。我把床头那杯水递给他，他喝了几小口。

“我希望你能找到让你害怕的东西。”他重新躺回去，哑着嗓子说，“除了能让你真正害怕的，把时间放在其他的东西上都是可怕的浪费。”

我低头看着他耸耸肩，心想，活到现在，大多数时间不就是被浪费掉的吗？但我还是问了一句：“你怎么发现自己怕什么的？”

“依我的经验，”托马斯慢慢闭上眼，回答说，“你得先想想自己最渴望得到什么。”

阿加特 VIII

“人们都说我长得像我父亲，他喜欢听这话。我想，他是觉得自己虽然是个残疾人，但是能生出一个健康的孩子，怎么都是件值得骄傲的事。我就像他的战利品一样。弹琴，阿加特，快弹琴！”

她用讽刺的口吻说着这些。

“你有天赋吗？”我问。她自然是有天赋的。

“他们从来都不夸我，只有在跟别人说起并且以为我听不到的时候，我才能从他们嘴里听见个‘好’字。不过，我确实特别有天赋。”

“那你不为此开心吗？”我看着她纤细的手指，想象它们在琴键上翻飞的样子。不过，她弹琴的时候应该总想让自己出错。我想起自己以前拉小提琴就只为了父亲，那时候练琴都是为了不让他失望。拉得不错的时候，想到父亲满意了，我就顿感轻松。

阿加特摇摇头：“不，我恨透了我的天赋。我恨钢琴，恨他们谈论我。那都是为了向外人显摆他们做父母的有多出色，和我没有半点儿关系。”

严格来说，这次咨询已经结束了，可我不想打断阿加特，只想和她待在办公室里，任由下一位病人在外面等候。我想看着她雪白的肌肤，想象我的手心贴着它会是什么感觉，我想向她抛出一个又一个问题，看自己是否说对了话，是否能让她好受一点儿。

尽管我没有动，也没有说什么，但她一定感觉到了某种变化，因为她立刻在沙发上坐直了身子。她的头发蓬乱而潮湿，像个刚刚从沉睡中醒来的孩子。

“今天就到这里吧，医生。下周二见。”她向我投来一个微笑，看着更像是练习过的苦笑。我点点头。

“就这样吧，阿加特。很高兴和你交流。”

她的手在我手中停留了片刻，然后她就走出了办公室。

我坐在沙发上，感受着她留下的体温，愉快地深吸了一口气。做完这一切，我才把在外等候的卡梅耶太太叫进来。我给自己做心理建设，告诉自己：她也同样重要。

雪

一天，我醒来发现整座城市都盖上了一层薄薄的白色。我一直喜爱冬日的寂静，而且不管是一周中的哪一天，我都喜欢下雪更胜阳光灿烂的晴天。因为现在是春夏相交之际，所以这次下雪出乎我的意料。不过，这反倒让我更欢喜了。

每到雪天，一个属于脚印的隐秘世界就呈现在世人面前：狗爪印、成人的靴子印，还有小孩子的脚印，它们或是一路指向学校，或是从诊所门前经过，继续往市中心走去。

办公室里，窗台上积着灰尘，还有几只死苍蝇。我刚刚做完这天第一个病人的咨询，在我内心深处，我诅咒所有给我的病人带来痛苦的东西，因为除了诅咒我什么都做不了。这些痛苦之源有冷淡的婚姻，也有书架后面令人矛盾痛苦的酒瓶子。对这些一生都备受困扰的病人，我能给他们的心理治疗只有短短的每周数小时而已，杯水车薪，他们能从中得到多少帮助呢？

接着，阿尔梅达太太来了，她的头一碰到沙发就开始自顾自地诉说起来。我不禁想，要是坐在她身后的椅子上的我无聊死了，也不知道她能不能发觉。苏拉格太太就要失去她的丈夫了，而眼前这个可怕的女人竟然在为买手套的时候有没有被骗了 10 分钱而烦恼！

这个想法终于变成了刻薄的责备，从我的嘴里说了出来："太太，你先打住吧。"我打断了她的话。有时候一个人会做出连他自己都吃惊的事情，眼下我就是这种情况。

"每次来我这里，你全程都在讲其他人如何一无是处，简直要把我逼疯了！都快 3 年了，你一直在抱怨你懒惰的丈夫，对我的话一点儿都听不进去。到此为止吧！”

阿尔梅达太太笨拙地用胳膊肘撑起上半身，用一种不可置信的眼神紧紧盯着我。她下巴上松弛的皮肤微微颤动，瞪圆了双眼。

“我觉得我们应该做个试验，太太。来这里做咨询显然对你没有太多帮助。所以，我建议我们试试新法子。从现在到下周我们见面之前，我希望你不要理会任何烦心事。你就告诉你丈夫，医生建议你休息，让他负责所有家庭事务。然后，你就享受一下好天气，看看书，或者做你想做的任何事。和你的好朋友们聚一聚。”

阿尔梅达太太的脸涨得紫红，她着急上火地说：“可是伯纳德不会做饭！他也不会洗衣服、熨衣服。伯纳德什么都不会做！”

我耸耸肩。我一点儿都不关心伯纳德怎么样。

“你不给他机会，怎么知道他什么都不会做呢？”我尽可能好声好气地说，“这只是一个试验，不会产生什么坏影响。你就尽力按我说的做，等咱们下次见面的时候再评估结果。”

阿尔梅达太太盯着我又看了几秒钟。她似乎想说什么反驳我，最后却没有找到合适的词，因为现实状况已经脱离了她的控制。我站起身，告诉她这次咨询结束了。她只好站起身，机械地跟在我身后往门口走去。

“医生，我这辈子还没听过这种方法。”她终于冒出来一句话。我拼命忍着才没笑出来。

“我觉得我们需要改变一下，阿尔梅达太太。你觉得呢？”

她极不信任地瞟了我一眼，把她的包紧紧抓在胸前，就像我想偷她的东西似的，然后，穿着窄长裙的她迈着小碎步离开了办公室。

她走后，我开始想自己以后是不是都不会再见到她了，但是我也不确定。她需要有人看到她在受苦受难，不然她受的折磨就白搭了。如果她不能来这里抱怨这个、抱怨那个，她又能去哪儿诉说呢？

这天的工作结束了，现在我要做的就只剩下

给诊所关门了。我感到一阵恐惧，脉搏跳得厉害，就好像我是一个疯狂的作曲家手中的音叉。要不是这种情况发生过太多次了，我一定以为自己要死了。从办公室走到候诊室这段短短的距离，我都要不断停下脚步，坐在病人的椅子上深呼吸，这样才能积攒精力，过会儿再站起来，因为我受不了一动不动。

我的两条腿好似在嗡嗡作响，但最后我还是拿到了阿尔梅达太太的病历和这天画了一半的漫画，做完这些我才出门踏上了傍晚的街道。房顶上还铺着薄如纸的雪，潮湿的土地上却早已出现了一块块黑色和绿色。凛冽的风撕扯着我的肺。

身上的汗逐渐干了。我紧紧抓着手杖，穿行在城市间，向与我家相反的方向走去。到了距离她家还有几米的地方，我才意识到自己做了什么。要是能看见她就好了，哪怕一眼，我的情绪都会好一些，这一点我很确定。要是能看见她就好了。

但是阿加特不在家，我只看到有个男人坐在餐桌旁看报纸，他身材纤瘦，留着高鬓角。是朱利安。我十分嫌恶他。她到底看上他什么了？为什么她要跟一个显然不能给她带来快乐的男人在一起？

这时，他突然抬起头。我恰好与他那双灰白的死鱼眼对视了一会儿——好吧，说实话，他的眼睛是蓝色的。随即我就转身离开了。就这样，我怀着屈辱且愤怒的复杂心情穿过城市，往家走去。

阿加特 IX

“让你如此害怕的到底是什么，阿加特？”

“哦，我好像记不清了。我们大家都怕什么呢？”她绝望地伸出双手，“我觉得生活本身变得越来越危险了。我怕弹奏音乐，也怕不再弹奏音乐；怕和别人关系太近，也怕落单。这世上好像没有一个地方能让我安心地待着！”

“可你得试试啊，阿加特。”我说，“生活就是由我们做的事组成的，可你什么事都不做。”

她嘟囔了一声，暴躁地挪了挪身体：“要是生活再变成一团乱麻我可不管了。到现在为止，生活其实没出什么岔子，但我就是觉得难以忍受！”

一种意想不到的温柔心情席卷了我。我差点儿就克制不住冲动，向她伸出手去。

“可是，阿加特，你觉得生活是怎样的呢？”我柔声问。

“什么意思？”

“在我看来，你好像觉得好的生活是有标准的，你觉得只要自己没达到这个标准，那就干脆不要活了。是这样吗？”

她弹了起来，坐直身子，双手轻轻捏弄着她膝盖两侧的沙发。

“我既觉得生命漫长，又觉得人生苦短。说漫长是因为每过去一日，人的衰老就会更加明显；说短暂是因为我们都来不及学会如何生活。”

仿佛唱诗班的吟诵。显然，她陷入了抑郁，可我不能让自己对她的特殊感情妨碍治疗。

“你怎么就觉得自己活得失败呢？”我追问道。

她摇摇头，喃喃地说：“相信我，这种事要是发生在你身上，你会注意到的。”

“你是跟谁比较才觉得自己失败呢？”

“跟以前的我比。”她用双手使劲地揉搓着脸颊，“我累了，医生。咱们今天就到这里吧。”

我们的目光碰到了一起。她似乎闷闷不乐，或许是我把自己的情绪投射到她身上的缘故？我想象自己伸出手去抚摩她的头发，她向我靠过来，我将她揽在怀中，我们之间的距离就此消失，我对她轻声耳语，告诉她我懂她，至少我和她一样对生活心存恐惧。

这一切都没有发生。我们只是简单道了别，她就走了，只剩下我一人坐在椅子上。我数了她走出办公室的步数——9 步，我是 8 步。然后，我听到外面的门在她身后关上，发出金属碰撞的咣当声。

爱

这天，我还剩 202 次咨询。

因为我前晚是紧贴着墙睡的，羽绒被和床单都被我结结实实地挤在中间，压成一团，结果醒来时我热得要命，身上捂得通红，汗水把被褥都弄潮了。我连做梦都在倒数——梦里，我一脸惶惑地来回奔跑，想趁我们还都活着将病人拯救出来，而且，在梦中我感觉自己不管在淋浴时站多久，腿都不会酸软。我马上就要告别工作了。然后呢？我真的尽我所能帮助了他们吗？

到了诊所，我在门口迟疑了片刻，打量着这间房子。我是不是闻到了一种特殊的气味？味道并不大，有点像我把什么吃的东西忘在冰箱里太久，结果它在角落里化成了一坨潮湿黏稠的东西，还有点像垃圾箱没有及时清理的气味。我不太管清洁之类的事情，平常都是苏拉格太太搞卫生，是她负责更换卫生间的毛巾，也是她常常买花插在诊所各处摆放的花瓶里。没有她，我的诊所无疑会缓慢地走向崩坏衰颓。我的病人开始变换在长沙发上躺卧的位置，就好像只要找对了角度，有人就能根据沙发上复杂的图案猜出他们的身份一样。我想起了托马斯，上次我们见面，彼此说话十分坦诚，我甚至有点希望以后能为他做咨询。死亡迫使我们跳过了好几个阶段，直接谈到了最关键的问题，可是没有死亡的干预，我们还会这样吗?

眼下奥利弗太太谈到了爱，我开始胡思乱想，也许在办公室里建立起真实的关系并不可能。毕竟这里是一个人付钱让另一个人倾听的地方，病人们都有着这样或那样的心理问题，而我是掌握着解决方法的那个人。

“我觉得我对我丈夫的感情不是爱，”我听到奥利弗太太说，“尽管我们确实常常说我们彼此相爱，可谁不说这些呢？”

“嗯。”我喃喃地应和。

“再者说，我宁可和他在一起生活，也不愿意一个人孤孤单单的。这种感情即便不是爱情也自有其重要的意义吧。”

我又嘟囔了一声，表示听到了，同时心想，也许这段感情唯一的重要意义就体现在，它能让她不孤单。

“也许，”奥利弗太太叹了口气，“要是我再爱我丈夫一点儿，我就不用非得每天把所有的银餐具擦一遍了。”

我忍不住大笑起来：“太太，你可别这么说。我觉得你倒是应该多爱自己一点儿。”

奥利弗太太露出笑容，回答说：“医生，我以前从来没从这个角度看过问题。”

到了下午 6 点，我已经做完了 8 次咨询，午餐前4次，午餐后4次，但我完全不累。正相反，我还想跳舞，想挣扎着让这把老骨头像有活力的年轻人一样再跳一次舞。听起来也许有点老套，但我真想做一个对其他人有意义的人。

奇怪得很，我不甘心就这样结束一天回家去，我漫无目的地在诊所里晃荡。我先是沿着墙壁溜达，经过苏拉格太太的椅子时，我伸手抚摩了美丽的办公桌。然后，我又进了自己的办公室。

我真喜欢这个地方啊！

我第一次发现，眼前的一切是属于我自己的东西，也是我可能真正擅长的东西。我为什么要让它从我手中溜走呢？是我懒，还是我傲慢到了一听别人讲悲惨故事就觉得厌烦的程度？

我走到窗边，望着外面空荡荡的大街，感觉着紧贴我手心的凉凉的木窗台，前后摇晃了一会儿身体。然后，我撑着身子往前倾，直到额头碰到玻璃，直到我能感觉到贴着窗台的皮肤下血液的涌动。

决　定

上午 7:35，我头上冰蓝的天空高悬。一群身穿新熨好的校服、头发齐整的孩子在人行道上追逐打闹，他们在玩看谁能先把谁推到马路上的游戏。他们一定是要去城市那头的圣保罗小学，出门时和他们吻别的母亲中，一定有不少在这些年里来过我的诊所。突然，一个洪亮的童声在我背后响起："先生，早上好！"

是 4 号别墅的小女孩。她跑跑跳跳的，还没等我答话，她就已经从我身边跑过去了，肩膀上的书包也跟着她一跳一跳的。

一看到坐落在路尽头的诊所，我就知道苏拉格太太还没回来。那种空空荡荡的清冷仿佛能从那栋砖砌的小房子里辐射出来。不过一场寂寞，我想着，也不知道我说的是不是自己。

这天的工作一结束，我就将 8 本病历暂时堆在了我秘书办公桌的角落里，心中暗暗做了一个决定。其实这个想法在昨天晚上就已萌生，现在它真的促使我停在了花店门口。花店的老板——我一个病人的丈夫——贴心地帮我选了一束我不知道名字的花，然后陪我来到了帕维隆路，目送我上了拥挤而且臭烘烘的 31 路巴士。路上我想起了第一次与苏拉格太太见面的情形：她看到了我登在当地报纸上的招聘启事，当时，我发现自己无法又当医生又处理诊所中的所有行政事务。于是，我抽出了整整一天的时间来面试，可见了 3 个应聘者之后，我就准备放弃了，觉得永远也找不到我能忍受的共事者。

然后她就来了。她穿着半身长裙和与之相配的短外套，头发服帖地梳成一个发髻，无可挑剔。

不知为什么，我还特别清楚地记得她穿一双棕色的皮鞋，鞋跟是方正的矮跟，脚面位置还有个扣带。入职之后，那双鞋她至少穿了 5 年。

我让她用打字机记录我的口述内容，她毫无差错地快速做完。然后，我才开始询问她之前都在哪儿工作过。

“我从 12 岁起就在父亲的店里帮忙了，负责会计工作，还帮他给供应商和客户寄信。19 岁时，我受雇于一位律师，从那之后，我负责安排他的日程，经手他的所有文书工作，还负责将文件归档等工作。”

她递给我一张整整齐齐地对叠起来的纸，上面是之前雇主对她的工作的赞美。

“为了让您放心，您可以联系他确认我的工作能力。”

第二天我就通知苏拉格太太来上班了。那时候，她还是毕努小姐。

巴士从花园大门上有铁铸数字“12”的红色

小楼前驶过，才看到的我立刻大声喊“下车”，声音之大让我自己都吃了一惊。终于，我从挤得好似罐头里的沙丁鱼的乘客中间逃了出去，顿时松了一口气，赶紧疯狂地在裤子上蹭了蹭手。

录用她工作了几年之后，我联系了苏拉格太太之前的雇主博纳维先生。我想向他咨询一下买下这家诊所的可能——那时候我还是租的，结果当我称赞他以前的秘书时，他说从未听过这个名字，我大感震惊。不过，我从未跟苏拉格太太提过这件事，那时候她的工作没有出过任何差错。而且，知晓了她的秘密，我有种奇怪的愉悦感。这个秘密曾经盘桓在我们之间，现在只有我知道。她伪造的工作经历只让我对她更敬重了，再无其他影响。

“早上好，太太。”

我鞠了一躬，抬了抬帽子。我还没有想好这次拜访该怎么做，所以，做完了这些，我突然没了主意，不知该如何自处。苏拉格太太目不转睛地瞪着我瞧，就好像把我忘了一样。我清清喉咙，有些紧张地把重心从一条腿移到另一条腿上。看到她的变化，我大吃一惊。她瘦了好几公斤，发髻散乱，几绺灰发掺杂其间，以前我从未注意到过。

我突然想起自己带了花，赶紧把汗津津的手紧紧攥着的那束花交给苏拉格太太，就像递过去的是我的手杖一样。也许她还保持着旧日里爱花的兴趣，因为她自然地接过了花束，这似乎让她想起了如何像人一样生活。

“太感谢了，先生。我马上把花插到水里去。”她说着将门开得大了些，让到一边，“快进来吧！”

“缺了你，诊所里一团乱，你肯定都想象到了。”我开口说道——这是我在巴士上想好的一句话。我形容了一番病历档案在她桌上堆成山的样子，还告诉她病人们都挂念着她，都希望她这边的情况好起来。

“大家真是太暖心了。”她露出一个虚弱的笑容，“不过，我得说，我真不明白把文件归档、放回档案柜上有什么难的。您是知道的，那些文件一直都是放在档案柜上的！”

能听到她训我我真是太开心了，苏拉格太太说话的时候面颊有些绯红。

“我都为您工作30多年了，没怎么请过假。现在我一请假，诊所就变成了摇摇欲坠的纸牌屋……”

她伸出一只手飞快地捂到嘴上，我们在沉默中坐了几秒钟，然后她突然站起来。

“喝咖啡吗？”

我看着她忙活，她的动作比以前在诊所的时候慢了许多，似乎没那么有效率了。我立刻感到一阵伤心，但同时奇怪地感到骄傲，因为她能允许我看到她的这一面。

“您能来看望我们真是太好了。”她背对着我说，“托马斯特别感谢您上次过来探病，您走之后他似乎平静多了。”

“很高兴听到这个消息。”我摇着头说，“不过，我觉得是他帮助了我。他今天怎么样？”

“他刚刚睡着。”她回答说，然后把咖啡壶放在一个托盘上，“他昨天晚上的情况不好，这一阵子晚上都没法入睡。”

她端着托盘来到餐桌旁，将几沓纸推到一边，然后把浅碟、茶杯、糖、奶壶和咖啡放在我们面前。

“从什么时候开始的，这事？”我问道。看得出来，她很克制。苏拉格太太试着抚平她面前的桌布，几次之后终于放弃了，叹了口气。

“在我请假之前有段时间了。托马斯肚子疼了好几个月，但是他就是不肯去看医生。等我们终于到处求医问药的时候，医生坦白说这病治不好，所以我就带他回家了。就是那时候我决定在家陪他的。”她抬起头，眼中闪着泪光，“他现在随时都可能死掉，真的。”我点点头，低头看着她就放在我面前桌子上的手，那只手就像有人从天上打下来的一只小鸟。

“托马斯是个好人。”我说。说完惊觉这话太不合适了。苏拉格太太嫁给托马斯应该已经有 20 多年了，现在躺在我右边隔壁屋里的他就要死了，我却只能想出来他“是个好人”这种话。

苏拉格太太只是点点头，给我和她自己分别倒了一杯咖啡，然后把双脚跷在最近的一张椅子上。

“想想看啊。”她若有所思地说，眯起眼睛打量我。我不安地在座位上挪动了一下。

“想什么？”

“嗯，您竟然来了。”她说着垂下眼帘吹了吹咖啡，呷了一口，“就这么来了。我真不敢相信。”

我伸手去拿我的那杯咖啡，回了她一个微笑。

“我能做的也就这些了。”我说。

阿加特 X

她坐在窗边，初夏微弱的阳光落在她的头发上，也落在她拒人千里之外的冷漠的脸上。如果你不清楚实际情况，不可能看出她是个病人。我站在原地看了她好一会儿才回过神。

“下午好，阿加特。”我说，“进来吧。”

“谢谢。”她回答，然后绕过我，走进办公室，“你今天看上去有些忧郁。不过这很正常，你一直都这样。医生，你觉得自己忧郁吗？”

这是一个简单的问题，可是以前没人问过我。听到之后，我感觉好像自己肚子上挨了一拳。

“我……”我开始说话，嗓子却突然很干，我咽了口唾沫才继续说，“我没想过。”

“你没想过？”她坐在长沙发的边缘上，挑衅地看着我。她的大眼睛离我格外近，我很难移开目光。

“确实没有。”我说。

她皱着眉头问：“但是，医生，你都没关照过自己的内心，怎么会把减轻别人的心理痛苦当成自己这辈子的职业呢？”

我顿时感到身上发烫，无论如何都想去打开窗户透透气，但是两条腿不听使唤。最后，我只好坐在自己的椅子上，任凭一股岩浆般的热流从胸口中央扩散到全身各处。

“可能我慢慢地培养出了一种能力，每天晚上走出诊所，我就能把这类问题统统抛之脑后。”我希望我的语气听起来十分松弛，“话说回来，你今天感觉怎么样，阿加特？”

“你不想回答我的问题？”她追问，“如果你都不知道自己的心情如何，怎么能宣称理解其他人的内心呢？”

她直视我向她投去的目光，没有丝毫躲闪。我感觉自己在座椅里不断下陷，笔、本，还有身边的书都消失了，最后只剩下我一个人，一个脸上胡子拉碴、眼镜模糊不清、快 72 岁的满脸恐惧的男人。

感觉过去了相当长时间我才终于再次开口回答："好吧，我想我应该不能。你说得没错。"我举起双手做投降状，"我完全不明白人们的心理！现在你有什么高见？当心理医生这件事我从头到尾都在骗人！"

阿加特用鼻孔呼出一口气，介于轻蔑的哼声和大笑之间："好吧，现在你又开始夸大其词了，医生！在你之前，我和很多医生聊过，他们基本没几个真的会听我说什么。我非常感谢你的帮助。"

我没明白她的意思。我们刚刚不是达成了共识——我是个骗子吗？

"到这里来，跟一个真正对我感兴趣，而不是只告诉我我该怎么做的人说说话，这本身就对我非常有帮助。你难道不明白吗？”

我摇摇头。

“那我就告诉你，这对我确实有帮助。虽然我还是搞不懂，如果说你还没想过你自己有没有心理痛苦，你怎么可以坐在这里当治疗精神障碍方面的专家？”

最后，我的声音终于恢复了正常，问道：“可你凭什么认为我可能内心有痛苦呢？”

“我该从哪儿说起呢？自从你的秘书请假之后，你的状况就开始走下坡路了。诊所里有股特殊的味道，办公室里更是乱成一团。我觉得从我们第一次见面起你就穿着同一件衬衫。”

她微微一笑，抬起尖尖的下巴，但是马上就收敛笑容，稍微有些严肃起来，说：“还有，你的手经常发抖。”我惊讶地瞟了一眼我那双布满了褐色斑点的手，“但真正暴露你内心世界的还是你的脸，就连你微笑的时候看起来都很伤心。”

好吧，我想，这点她可能说对了。可我该怎么做呢？是生活本身让我失望了。

“不然你以为我为什么要坐在这没人能看见我的后面？”我反问她，期望不完全失去对局面的掌控。

“啊，”她威胁似的指着我说，“原来是这样，那就全都说得通了！”

我用一种不属于自己的声音大笑起来，或许我只是没认出自己的声音而已。但是阿加特看出来了，我内心有什么东西随着这笑声释放了出来。

“哦，原来你会大笑啊。”她说，“真讨厌，我输了，欠朱利安一顿午餐。”

游　泳

我中了恐惧的埋伏。阿加特一离开办公室，我就因为恐惧挪不动脚了。天色还早，距离我能躺在床上睡觉还有可怕的好几个小时，光是想想要逃避对漫长等待的恐惧就让我感到疲惫不堪。

在回家的路上，我买了晚餐要吃的面包和火腿。售货员的脸在我眼中一片模糊，我甚至无法让眼睛聚焦，看清他的轮廓，耳朵里塞满了血液在血管中奔流的隆隆声。

“一共是 90 分，先生。”

我给了他一些钱，然后转身就走。

“先生，您的找零！”身后传来一个声音，但是我不知道为什么，迈开腿就无法停下。

我的胸口传来吱吱嘎嘎的声音，我觉得我还没有决定往哪儿走，可我的腿正带着我往湖边走去，并没有踏上回家的路。阿加特，阿加特，这个名字在我脑海中打着转，突然我脚下出现了水，尽管一股寒气漫过我的双脚，但我一点儿也没退缩。

又迈出一步。地面既坚硬又柔软，湖水只到我小腿一半的位置。我这辈子从未像现在这样舒心过。寒冷透过我的裤管，侵入皮肤，抵达我的内心深处，浇熄了那种焦灼的恐惧感。等湖水到达了我屁股的高度，我就开始划水向前，最后潜入水下，让我汗津津、紧绷绷的身体整个浸入湖水。

“啊——”我发出一声长叹，在水中翻了个身，仰面向湖心游去。一种久违的自在。

小　事

这天的第一个病人就是阿尔梅达太太。我计算了一下，接待她之后，我就只剩下整整100次咨询了。自从我突然让她参与我临时想出的试验之后，这个大块头的女人就翘掉了她的所有预约。我开始想，或许我对她的判断是错的。

可她突然就冒了出来。她的嘴抿成一条苦兮兮的直线，穿过房间向我走来，脚下的高跟鞋在地上发出的咔嗒声都好似是在发出指责，但最令人惊异的还是她的安静。

“太太，过去几周过得怎么样？”我开口问。

她耸耸肩。

“上次我交给你一个艰巨的任务，也许你能告诉我进展如何了？”

她横了我一眼，说：“不管用。”

“好吧，那也是个结果。”我用鼓励的语气说，“是怎么个不管用法？”

“这个试验就不可能进行下去，太蠢了！”

她像个不好哄的孩子一样抬头盯着我，扬起下巴。我只得笑脸相迎。

“你不了解伯纳德，”她继续说，“另外，我现在觉得你也不了解我！”

“不了解吗？”

“不了解！如果你真的了解我，绝不会建议我休息。我获得平静的唯一方法就是忙碌。”

“啊哈。”我微微一笑。

“啊哈什么啊你啊哈？”她啐了一口，“你就会坐在这里说‘嗯’和‘啊哈’，到头来对我有什么帮助？”

她说得确实不无道理，但今天我不会让她轻易逃脱的。

“太太，再提醒我一次你有什么问题需要我帮助好吗？”我问。

“哦，天哪，你不是在开玩笑吧！”她气得直喷唾沫星子，“我都在你这里治了3年了，你现在竟然问我这种问题？”

“我以为你来这里是为了控制好自己的紧张情绪。我们从你的童年到你的呼吸都聊了，但是毫无用处，所以下一个符合逻辑的步骤一定就是聚焦现在，注意学习如何让小事少给心理增加负担，放宽心。可你拒绝配合，那我现在就要问了：你到底想让我帮你什么呢？”

阿尔梅达太太顿时泄了气。她宽厚的肩膀塌了下去，后背弯起来，好像在保护她那层层叠叠的肚子。

“如果你想好起来，太太，我认为只有两个选择。也许你要同时做这两者。一个就是少埋头于日常琐事，减少你的例行事务；另一个就是找点儿能给你的生活带来意义的事做。”

她在认真听，这是肯定的。也许她还不明白

我的意思，但是至少她在努力了。

“我的意思是，你应该开始把时间和精力花在对你真正重要的事上，比购物和打扫更大的事，让你开心起来的事上！或者，”我赶紧又补充道，“做至少能让你感兴趣的事。那么所有小事可能都不会再令你烦恼了。”

“所有小事？”她低着头问，下唇微微颤抖。

“是的，”我回答，“就是那些小事，它们在现实生活中只会让你生气，但你也要煞费苦心地将其塞满你的生活。生活中一定有比那些琐事更有意义的事！”

阿尔梅达太太不屑地哼了一声。然后她犹豫地点点头，再次抬头看向我。

“医生，有件事挺有意思的，你知道吗？”她点评道，“你说的话和我一直以来想的一样。”

清　理

这天晚上，我突然注意到自己的家多年来一成不变，这一点让我无法淡定了。我环视一周，所有的物件我都熟悉，同时它们又让我感觉与整个空间格格不入。我需要买一件新东西，不是叉子或新床垫之类的东西。

家中的一切都是从我父母那里继承来的，我一直用着是因为它们还好使。

于是，我从我父亲留给我的油画开始着手，我将它们挨个儿从墙上的钉子上拿下来。这时，我才越来越惊讶地注意到墙壁已经褪色到非常严重的地步了。

屋里总共有7幅油画。我闭上眼回想，它们的样子比我父亲的脸还清晰。其中几幅画的年纪都比我大，它们一直挂在原地，我从未考虑过自己是否真的喜欢。然后我转身去储物柜。我已经很多年没往里看了。我带着些许好奇心开始摸索那些抽屉，我的父母不属于那种感情丰富的人，他们没跟我讲过我孩童时期的趣事。但是，在一个抽屉里，我发现了一个装着我的乳牙的盒子；在我父亲的几幅油画里，我都看到了自己的痕迹——或者是沙滩上一个孩子的完整的脚印，或者是远处林间树下或高或矮的人影；我心里清楚，父亲把我放到了画里。

在底层的一个抽屉里，我找到一块布。于是，我开始把那些要扔的东西堆到上面。顶层的抽屉卡住了，我只好使劲拉。拉开后一看，里面竟然是父亲用过的美术工具：彩色粉笔、油彩、整整齐齐放在包里的画刷，还有几本画满了的素描本。我还找到了一罐特别的铅笔，只有我和父亲一起画画的时候他才允许我使用。

最顶上的几个小抽屉装着我父母的来往信件，都是我母亲从英国搬过来之前写的，还有照片、一把拆信刀、一个装着早就绝版的邮票的白色纸袋。我把找出来的大多数东西都归入垃圾堆，然后伸手去拿刚在中间的抽屉里发现的一摞黑色笔记本。多年前，未到黄昏的时候，最后一个客人将办公室的门带上之后，我就会在这样的笔记本上做些记录，这是为了能更好地厘清治疗思路。“练习倾听”，本子上某处写着。想到年轻时的自己，我因为惋惜感到一阵刺痛，那时候的我坐在办公室里，为了如何在这条职业道路上精进而冥思苦想。我伸出食指在纸页上饱含热情的字句上划过。字迹倒是和现在的一模一样，只不过不经意间，那个小伙子如今已经变成了另一个人。

我在原地坐了良久，翻着笔记本，回忆起工作中曾经遇到的难题和可爱的病人，分外愉快，直到最后不得不活动一下才罢休。疼，哪儿都疼。

我疲倦地坐在床边，纠结着还要不要去刷牙。最后我决定靠在床头待着，待了一会儿就躺平了，但双腿还搭在床边上，双脚依然挨着地板。半夜醒来时，我依然保持着这样的姿势，身体各处都吱嘎作响，很是恼人。于是，趁再次睡着之前，我费力地脱掉鞋子，爬进被窝里。

第二天，我浑身酸疼但又出奇放松地醒来，在前厅吃了早餐。屋子里的油画都摘掉之后显得格外新鲜和空旷，就像焦急等待着被填满的画布。我出门时拖了一个黑色的包，走到几条街之外才将它丢掉。

四号笔记本

1928 年 12 月 5 日

综述	坐在病人身后的计划奏效了，他们说话更自由自在了，我们之间可以建立起更深的联系。要读更多关于释梦的资料，特朗布莱太太常常梦到掉牙该怎么理解？
我的方式	尽量少问问题，给病人更多空间。注意开放式和封闭式问题的区别。问问题的目的是理解病人，而不是操控病人。阿兰聊起了他的妹妹，讲了她在他眼前淹死的往事。在治疗期间对患者的悲伤该怎么处理呢？不想让移情成了治疗的绊脚石，所以我什么都没说。 冷血和专业之间的分界到底在哪儿呢？

阿兰：向创伤和核心推进。失去了妹妹，感到内疚，缺少母爱。

特朗布莱太太：掉牙可以解读为失去力量吗？在糟糕的婚姻中的无助？

苏菲小姐：进展不太大，她不肯深入交谈，必须更加积极地引导才行。

洛朗先生：强迫行为非常严重，来做咨询时必须带自己的毯子铺在沙发上，而且每次回去都得洗干净。肛门滞留型人格？

米纳尔太太：非常贴心，也许贴心过了头。她从来不坚持自己的主张，总是让我主导一切——是她在真实世界中的行为反映？

瑞瑟图埃先生：抑郁。很少开口说话。发生了什么？

阿加特 XI

还有6次咨询才能见到她。我在脑子里回顾了几遍我们上次会面时的对话，说实话，我也不知道自己这样做是想干吗。我们还能像以前一样吗？自从我被她问住了，她会多少对我失去尊敬吗？

当我打开门叫她进来时，她正靠在墙上向窗外凝望。

“医生，我还没注意到的时候夏天就来了呢。”她说着向我转过身来，“几周前还在下雪，现在外面已经是色彩斑斓了。”

我瞟了一眼外面的街道。她说得没错，路边

的灌木活了过来，长得郁郁葱葱，草坪上的草也鲜嫩密实。等到我开始领养老金，已经到盛夏了。

我坐在阿加特后面，她一言不发地躺了几分钟，我满怀期待地等她开口。她最后开始说话时，我感觉这些话她一定想了很久，等到了这里才终于说出口："你还记得那天你问我害怕什么吗，医生？"

"记得。"

"你可能已经猜到了，我父亲猥亵过我和妹妹。大多数时候遭殃的是我，可能是因为我是先出生的那个，不过还有维罗妮卡。有时候我从他坐的椅子旁边走过时，他就一把抓住我，我怎么都逃不脱。然后他就开始摸我，从大腿一直往上摸到我的两腿之间，然后再摸我的臀部，甚至整个下半身，摸我的胸，再到脖子，最后摸我的脸。"

她艰难地往下咽了咽口水，讲述他的手摸过的地方时，她的语气平淡而冷漠。我听着听着，一种厌恶感从内到外涌起来。她说对了——我确实有预感情况可能是这样，但真的听她说出来我还是觉得极度愤怒。我听过虐童的案例，可眼下这一例掩饰得更好。

“他总是把大部分时间花在摸我的脸上，尤其是我的嘴。我只能忍着不哭，因为要是哭了他就会‘安慰’我，而‘安慰’起来情况会更糟。”

想到她父亲那双睁得大大的盲眼和他脸上心满意足的表情，还有他手下还是个女童的阿加特僵硬的身体，我牙关一紧。我意识到我正狠命地捏手里的铅笔，捏到手指都疼了才放开。

“那事实在太恶心了。”阿加特继续说，“我恨透了那事，但是我母亲说这是正常的，这只是他‘看’的方式，是他想充分理解我。”

“这种行为什么时候停止的？”我问。

“从未停止过。只不过后来我离开了家，就容易躲避那件事了，因为我回家探望他们的时候，家里一般也有其他客人。他 10 年前死了。”

“你的母亲呢？”

“她还住在那里，”阿加特叹了口气，“我一年去看她几次，但是常常……”她在想该用什么词，“常常闹僵。”

“听起来你母亲和父亲一样瞎啊。”我说，同时希望她听不出我声音中的颤抖。要是我能，我一定把她父母打得半死。

“事实上，我认为我母亲完全清楚他做了什么事，”她回答，“但是我搞不懂，她到底是对此毫不介意，还是实际上就是喜欢看我受折磨。”

我突然产生一个想法，吓了一跳。

“阿加特，你还记得你梦里那个双筒望远镜吗？”

“怎么了？”

“那时我们搞不清它代表什么，你现在明白了吗？”我身子激动地向她倾了倾。

她困惑地说：“不明白……什么意思？”

“我的意思就是，那望远镜就是你内心最根本的矛盾纠结。”

我现在几乎是在喊，但我太想赶快说出来，都顾不得压低声音：“你最想要的就是被看见——不然你就相当于不存在！可是你父亲用手‘看’

你，这让你厌恶至极。而且尽管你在你的母亲面前几乎要变得粉碎，她却选择袖手旁观。你明白了吗？你的父母让你看不到自己！”我脑子里嗡嗡直响。这时，我眼前再一次出现在白房子里坐在椅子边缘的阿加特，看到了她脸上那副不该出现在任何人脸上的表情。

她的声音听起来非常脆弱，就像有人要求她屏住呼吸似的：“可这说明什么呢？”

一个如此简单的问题。可是，回答的时候，我痛苦地意识到，距离退休我还有71次心理咨询，但其中属于阿加特的只有6次。这个曾经一直多得让我心烦的数字一下子变得少得吓人。

“这说明你得学会看见你自己，阿加特。”

人影 / 背景

葬礼安排在周日的早晨。苏拉格太太给我寄了一封正式的邀请函，我找不到合适的借口不去。

于是，到了日子，我只好站在阳光下，手心湿黏，身穿出席葬礼的那套一股子樟脑球味的黑色装束。人们从我身边鱼贯进入教堂，那是主持我父母婚礼和葬礼的教堂。大多数来吊唁的人都上了年纪，穿着深色的衣服，带着虔诚的表情。其中不少人都向我点头致意，尽管我们以前从未见过。

我在我父母的葬礼上也有过类似经历。我记

得那些表达同情的握手，向我投来的探询的目光。他们从来不说出那个问题：你了解死亡吗？

苏拉格太太到了。她在我面前短暂停留了一下，我伸出一只手。

“节哀顺变。”

她接过我的手，点点头。她比上次我见她时还要瘦，但是目光平静。

“谢谢。”她说。

她走在通往教堂的最后一截碎石路上，发出嘎吱嘎吱的声音。有那么一会儿，一幅画面像是凝固在我眼前：一个穿黑色衣服的女人走向一座白色的教堂。当她穿过教堂的双开门时，黑色的衣服与黑暗的室内融为一体。

我跟在我的秘书后面进入教堂，坐在唱诗班附近的座位上，木头长椅已经被磨得十分光滑。教堂里有些阴冷，体验过外面的闷热潮湿后，你能闻到里面有种石头、木头和蜡烛混合的干爽气味。慢慢地，其他气味也在我身边弥漫开来：女人的香水味、男人的发蜡味，还有百合那令人作呕的强烈的香甜味。

苏拉格太太现在会回到诊所帮我完成最后的工作吗？我去拜访她的时候不敢和她提起这事，但是眼下距离我退休只有一周半的时间了，一切都得提前安排妥当才好。余下的病人得推荐到别的地方继续治疗，他们的病历档案也要整理一下，好方便移交或归档。还有，和诊所新主人的合同尚未签好，没有她，这些事务我可应付不来。

我再次努力把注意力放到葬礼上来，教堂最前面是铺着天鹅绒衬里的棺材。我挺想看看他在里面是什么样的，想知道他最后走得是否安详。我觉得他应该是安详的，直觉。

整个葬礼我都坐在原地，不管是牧师致辞还是唱 4 首赞美诗的间歇，我都没动，尽管喉咙疼得厉害，我没法和大家一起唱，而且鲜花的气味越来越浓，我感觉它钻进了我的每个毛孔，害得我眼底都隐隐作痛。当穿着熨得笔挺的西服的 8 个男人抬着托马斯走出教堂时，我内心不知哪个角落破碎了。

我从喉咙里发出一声呜咽，感觉脸上的五官拧成了一团。我下意识地将脸埋在手里，但是泪水越发止不住了。我不得不咬住我的大拇指，妄图强行将痛苦的声音憋住。

这时，有人伸来一只胳膊，搭在我的后背上。我吓了一跳，第一反应是将它甩掉，但最后还是没动。相反，我竟然任凭一个陌生人的胳膊环绕着我，坐在硬邦邦的长椅上哭了起来。

和　解

葬礼后的第二天，我下班后去买做蛋糕的食材。

可等我走进商店，拿起一个购物篮，才意识到自己根本不知从何下手。幸好柜台后面有个绑着蓝点丝巾的年轻女士，她正在往一个罐子里装夹心糖果。我向她走过去，清清喉咙，说道："抱歉，打扰一下，能麻烦您告诉我怎么做蛋糕吗？"

女子大笑起来，露出两个完美的酒窝。

"当然可以了。您想做哪种蛋糕呢？"

"这个问题问得好，"我说，"用苹果做的蛋糕吧。"

“苹果蛋糕啊，我们这里有食材。跟我来！”

她带着我穿过重重货架，找出了面粉、砂糖和一块黄油，再递给我一根肉桂棒闻闻，然后把一大盒褐色的鸡蛋放进了我的购物篮。

“苹果在那边，”她指着几个盛着各色水果和蔬菜的大筐说，“家里有小豆蔻吗？”

“恐怕我家里只有一点儿面包和一块放了挺久的奶酪。”

女子又大笑起来说：“那我觉得是时候扩大一下购物范围了。”

她帮我找齐了需要的其余食材，同时还跟我讲她的父亲每天早晨都给这家店送新鲜鸡蛋。她要传授给我的菜谱是她去世的祖母的，这位祖母会做的餐点菜肴数不胜数。

“您是为谁做蛋糕？”

“算是为了和解而送的礼物吧。”我解释说。她点点头，就好像这是世界上最自然不过的事情。

所有东西都用牛皮纸袋包装好后，我反复向她道谢了多次。

“能帮到您我很开心。”她微笑道，“您有纸吗？”

我随身带的包里总是有铅笔和素描本，把这些交给她之后，她就开始写菜谱了。

“然后，您只需要等蛋糕凉下来就可以拿去送给对方和解了。”

到处都是面粉。我没有搅拌器，所以把所有结团的面粉消除是近乎不可能的任务。尽管如此，我还是竭尽全力去将这些食材搅匀。最后，当我完成了，一个香喷喷的圆形蛋糕出现在我母亲留下的旧烤盘中时，看着半月形的苹果块呈螺旋状嵌在蛋糕上，我完全无法抑制内心的喜悦。

我的心都要跳出来了，咣咣咣，好似在敲钟。门开了，如果说他见到我有一丝一毫的惊讶，那他掩饰得很好。

“下午好，”我说话时故意让嘴唇的动作幅度更夸张些，“我烤了一个蛋糕。”我冲蛋糕盒扬扬下巴，然后把它递给他。

这次我终于可以好好看看我的这位邻居了。他应该有 60 多岁，我猜，比我还胖些。他穿了一身洗褪色了的睡袍，脑袋上顶着一蓬灰色的乱发，脖子上用绳子挂着一副眼镜，眼镜片很厚。也许我敲门前他正在看报纸。

看他站在门口，一脸迷惑地眨着眼睛，我大喊道："蛋糕！"同时又像之前那样朝他比画了比画。

他犹犹豫豫地接过这个温热的盒子，将它提到面前，好像是在闻它的香气。他疲惫的脸上划过一丝惊喜。然后，他缓缓举起一只手按在胸前心脏的位置上，嘴唇动了动，看形状明显是在说谢谢。我突然对看到他挺着大肚子、耳边竖着几撮头发的样子感到非常抱歉。

你是存在的，我想说。你每次弹琴我都在听，我和你只隔着一堵墙。

但是我没说，我只是点点头，尴尬地举起一只手跟他道别："不用谢，再见！"

我一走到家门口就转过身，我很高兴自己做

了这件事。邻居依然站在他家的门口，一只手将蛋糕捧在胸口，另一只手举得高高的，向我挥舞致意。

苹果蛋糕

让黄油在锅中熔化大半，但千万别烧焦。

加入 2 杯糖，充分搅拌，直至锅中混合物变成白色，搅拌期间还要加入 4 个鸡蛋。

取 4 杯面粉、一撮盐和一茶勺小苏打，将它们放入盆中混合。加一点小豆蔻，折断肉桂棒和香草荚，加入其中。按照你的口味在其中加入任意多种香料。如果你喜欢，也可以加入少量牛奶。

充分搅拌，然后你就会惊喜地发现，你的面团和好了！在平底锅中刷油，然后往锅中倒入面团，接着将已经去皮并切成楔形块的苹果紧紧按入面团。为增加风味，再撒上一小撮糖。

烤蛋糕的温度应为180摄氏度，时间至少为45分钟。烤好后须晾置至少半个小时，待蛋糕凉下来即可食用。

祝你有个好胃口！

家

一天早晨，我躺在温暖的羽绒被下，一边想着这天的计划，一边盯着天花板上细微的网状裂痕。我有5个病人要见。这时我突然发现我忘记了到底还剩多少次咨询，这种事还是头一回。

我进厨房烧了壶开水，然后从抽屉里取了一包大黄茶，深深吸了一口茶叶的香气，将黑魆魆的叶子倒进了过滤器。我的邻居醒了，他也在烧开水。没一会儿，我就听见墙那头的壶发出了标志性的鸣笛声。我丢掉泡过的茶叶，往杯子里倒了些牛奶，然后在厨房餐桌上吃了顿匆忙的早餐。与此同时，我开始纳闷，一个失聪的人怎么会弹钢琴呢？也许他并非先天性失聪。总有一天我要问问他，如果我能鼓起勇气的话。

“早上好，先生。”

见到她我真是太高兴了。于是，我破天荒地抓住了我秘书的肩膀，看起来更像是一个拥抱。

“你能回来真是太好了。”我欢呼道，然后放开了她，“你回来了，是吗？”

苏拉格太太害羞地笑了，仿佛是第一次听到夸奖的小女孩。

“嗯，回来了。”她说，“我在家也没别的事做，所以就回来了。”

然后，她接过我的手杖——这次没有大衣，天气太热了，就连我都不穿大衣了——然后我把帽子放到了搁板上。

“我自作主张，给您在日程表上加了个新病人。”她走回她的办公椅时说道。

“新病人？”我在她身后大叫，“哦，你可不能这么做！”

“您不会还打算退休吧？”她转过身对我说。

她犀利的目光投向我，让我略感迟疑。关于不再工作之后如何利用空下来的时间，我一直没找到一个完美的答案。倒计时结束就是结束了，至于结束之后怎么样，恐怕只有空空的镜子了。

不过，我还是出于原则拒绝这么快就承认她说得对。我只是尽可能严肃地瞟了她一眼，然后说：“苏拉格太太，你做这类决定之前一定要先问问我，这‘一定’你应该相当清楚。像你刚才那么做显然是不行的。”

她听了却一点儿内疚的意思都没有。

“我会考虑一下这件事，今天下午答复你。”我说。值得表扬的是，这次我的秘书在点头并坐回她的“王座”时并没有露出讥讽的笑容。

大办公桌上恢复了以往极简的秩序。苏拉格太太的双眼紧盯着她面前的纸张，开始以惊人的速度打字。

阿加特 XII

阿加特走在我前面，尽管天气热得直让人出汗，天空中没有一丝云朵，她却从头到脚穿了一身黑色衣服，头发上的一根黄色窄丝带格外醒目。我本来就觉得她十分迷人，现在这一点毋庸置疑。

她目的明确、脚步轻盈地走着，我这个老头子得拼命迈步才能赶上。可她突然停下脚步，回过身来。我也赶快停下，阳光照在我背上已经被汗水浸透的衬衫上。我想：这下好了，被发现了，一切都结束了。人人都知道，心理诊所内外的生活泾渭分明，混淆不得。看看荣格的下场就知道了。

她恰好停在了海纳林荫大道的那家咖啡馆门口，伸出一只手做推门状，另一只手则放在眉毛上，意在为眼睛遮挡刺眼的阳光。尽管我们之间的人行道上还有路人走过，尽管我上次躲她的花园中传来汩汩的流水声——里面的人造瀑布打开了开关，她的声音还是清晰地传到了我的耳朵里，就好像我的耳朵已经精确地调到了她的频率上。

“哎，医生，”她朝着咖啡馆歪了歪头，“你到底进不进来？”

阿加特

〔丹〕安妮·凯瑟琳·博曼 著
万洁 译

图书在版编目(CIP)数据

阿加特 / (丹) 安妮·凯瑟琳·博曼著；万洁译.
-- 北京：北京联合出版公司，2019.9 (2019.11 重印)
ISBN 978-7-5596-3410-8

Ⅰ.①阿… Ⅱ.①安… ②万… Ⅲ.①中篇小说—丹麦—现代 Ⅳ.① I534.45

中国版本图书馆 CIP 数据核字 (2019) 第 143190 号

AGATHE

by Anne Cathrine Bomann

北京市版权局著作权合同登记号 图字：01-2019-4377 号

选题策划　联合天际
责任编辑　龚　将　夏应鹏
特约编辑　刘　默
装帧设计　崔晓晋

未讀 | 文艺家

出　　版　北京联合出版公司
　　　　　北京市西城区德外大街 83 号楼 9 层　100088
发　　行　北京联合天畅文化传播公司
印　　刷　三河市冀华印务有限公司
经　　销　新华书店
字　　数　52 千字
开　　本　787 毫米 × 1092 毫米 1/32　5.25 印张
版　　次　2019 年 9 月第 1 版　2019 年 11 月第 2 次印刷
I S B N　978-7-5596-3410-8
定　　价　48.00 元

关注未读好书

未读 CLUB
会员服务平台

本书若有质量问题，请与本公司图书销售中心联系调换
电话：(010) 52435752　(010) 64258472-800